Foto: Ute Karen Seggelke

edition suhrkamp 2088

Volker Brauns Äußerungen seit 1989, von der Flugschrift zur *Wende*, die nun Umbruch heißt, bis zum Brief an den toten Diderot über die Räumung seines philosophischen Quartiers für die beliebige, hoffnungslos neue Einrichtung der Welt, sind Einmischungen in die rohe Geschichte am Jahrtausendende. Gelassen und analytisch scharf richtet der Dichter seinen Blick auf die Realitäten im größer gewordenen, beschränkteren Deutschland und probiert, was oft zum Schlagwort verkommt: global zu denken. Er spricht von der Macht des Elends und vom Elend der Macht. Die Voraussetzungen des eigenen Denkens infrage zu stellen, ist seine ernsthafte, heitere Arbeit. Als philosophisches Ereignis gilt ihm, *wenn die Völker zu denken wagen*; so geht er »auf das Feld der Niederlage, wo unser Brot wächst«.

Volker Braun, geboren 1939 in Dresden, lebt in Berlin. Anfang der sechziger Jahre wurde der Lyriker bekannt und machte sich bald auch als wichtiger Dramatiker, Prosaautor und Essayist einen Namen. Er erhielt zahlreiche bedeutende Literaturpreise, zuletzt 1998 den Hans-Erich-Nossak-Preis.

Volker Braun

Wir befinden uns soweit wohl. Wir sind erst einmal am Ende

Äußerungen

Suhrkamp

edition suhrkamp 2088
Erste Auflage 1998

Erstausgabe

Satz: Jung Satzcentrum, Lahnau
Druck: Nomos Verlagsgesellschaft, Baden-Baden
Umschlag gestaltet nach einem Konzept
von Willy Fleckhaus: Rolf Staudt
Printed in Germany

2 3 4 5 6 – 03 02 01 00 99

Inhalt

PROLOG ZUR ERÖFFNUNG DER 40. SPIELZEIT DES BERLINER ENSEMBLES AM 11. OKTOBER 1989

1

Wie unklar ist der Stoff
Der Welt. Zu den Stürmen und Fluten
Den unausbleiblichen Erdbeben
Treten die Beben der Völker und
Der Erdrutsch der Gedanken.

Lange schien es, als stünden die Zeiten
Still. In den Uhren
Der Sand, das Blut, der abgestandene
Tag. Jetzt bricht er an
Der jüngste wieder und unerwartet.

Wo geht es lang oder, bescheidner gefragt
Weiß wer was vorn und hinten ist?
Die Strategien verschimmeln
Wie naß abgebrochne Zelte
Hinter den Flüchtlingen.

Staaten, gebaute Zukunft! und gesunken
Ins Gras, das sie fressen. Felsenfeste
Bündnisse im Blutsumpf wankend, und
Die unverbrüchliche Freundschaft
Mustert mißtrauisch
Ihre Abwässer.

Dort hat man den Hunger auf Kommunismus übergangen
und verlangt
Bürgerliche Kost; und da

Macht man reinen Tisch mit der Geschichte und steht vor
dem leeren.

Aber bedenkt
Daß da auch Hunger herrscht
Mit dem Mandat der Massen, Hunger
Nach Gerechtigkeit.

2

Unser Staat meldet seine Erfolge, als hätten wir die DDR dem Meer abgerungen. Wirklich, es war ein Meer von Trümmern. Aber die Trümmerfrauen stehn zum Denkmal geduckt, und um ihre Sockel scheint die planierte Landschaft zu versanden. Von ferne sieht sie vielleicht wie eine große Düne aus: ruhiger Urlaub in der Revolution. Die Einwohner, immergleiche Handgriffe mit so angespannten Mienen, als würden sie ein Wunder erwarten, ausharrend, während das Ziel verblaßt, im Dunkel des eigenen Schattens vor dem Flutlicht der westlichen Verführung. Sie sehn sich auf eine Insel versetzt, umspült von einer reißenden Strömung, oder ist es das Hochwasser eines heftigen Frühlings, und sie rammen Wellenbrecher in die Wiesen oder nehmen blindlings Platz im letzten Ikarus.

3

SELBSTSCHÜSSE, SCHRECKENSKLAR DIE WORTE
FEUER IM BRIEFKASTEN
UNTER DER TAPETE DIE RISSE
IN DER SUBSTANZ
BERÜHRE MICH!
DIE ADERN ATMEN IM FELS.

4

Unsere Bühne, Raum bietend
Den großen Widersprüchen
Wird wieder eröffnet.
Der Planwagen der Händlerin
Und der Eisenwagen der Genossen
Stoßen aufeinander. Was für alte
Fahrzeuge, die nicht wenden können! Ihre sichtbare
Schwierigkeit macht uns Mut
Zu einer andern Bewegung. Eröffnen wir
Auch das Gespräch
Über die Wende im Land.

LÖSUNGEN FÜR ALLE

(Gespräch in Budapest am 18. Oktober 1989)

KAROLY VÖRÖS Reden wir über die »preußische Prärie« ...
VOLKER BRAUN Und über die politische Pußta.
VÖRÖS Bitte sehr. Was sagen Sie zur Öffnung unserer Grenzen?
BRAUN Das ist eine Maßnahme, passend in eine neue Welt. Es ist viel wichtiger zu zeigen, daß man kein Satellit mehr ist, als danach zu fragen, ob man ein anderes Ländchen in eine Verlegenheit bringt. Es bringt uns in die Verlegenheit, uns in eine neue Welt zu passen. Ein fantastischer, d. h. realistischer Entschluß der Ungarn. Dieser Satz sagt alles über die unglaubliche Situation. Als ich Genscher auf den Prager Balkon treten sah, dachte ich sofort: nein, Außenminister Fischer gehört dahinauf. Mit dem Text: Bürger, ich betrachte Sie als auf einem Ausflug befindlich, der drei Monate oder Jahre dauern mag; Sie können jederzeit zurückkehren, und Sie können den Ausflug jederzeit wiederholen. So hätte unsere Regierung, mit entschlossenem Witz und generös, ein Gesicht gezeigt. Es wäre ein Prager Fenstersturz gewesen, aber doch nicht dreißig Jahre Krieg. Aber nur ein Mann, der nicht am Posten hängt, hat den souveränen Blick für das notwendige Neue. Nun, sehen wir, wurde der utopische Text von einem Tag zum andern real.
VÖRÖS Sie schrieben 1975, im »Guevara«-Stück: *Dies ist die Zeit des Apparats nicht mehr.*
BRAUN Ja, das lag auf der Hand. Jetzt werden überall Resolutionen verfaßt – ich habe mehrere unterschrieben oder mitformuliert –, die Unerträglichkeiten werden aufgelistet, und auch das Politbüro spricht sie nach. Aber wie wenig selbstkritisch, wie theorielos ist seine Erklärung, nach zweitägiger Sitzung. Es ist ein Text, der nicht auf den Punkt kommt. Was ist der Kern unseres Verhängnisses, des un-

produktiven Zustands? Daß die Partei ihren Vorzug, ein selbstloses Organ zu sein, verlernt hat und ein Machtorgan geworden ist. Sie hat aber nicht zu regieren; die Macht gehört den gewählten Volksvertretungen, den Räten. Die Umklammerung des Staatsapparats demoralisiert ihn, höhlt ihn aus, hindert ihn am Handeln. Statt festzulegen, zuzudecken und abzusichern, sollte die Partei bewegen. Das kann sie aber nur als Autorität, die sie gewinnt als Instanz, in der alle gleich sind, die die Erfahrungen aller Bereiche vereinigt in der radikalen Analyse, ungehemmt von Ressortdenken und Angst um den Posten. Das setzt voraus, daß sie in sich selbst Demokratie verwirklicht: und die Gesellschaft entläßt in die Freiheit geschichtlicher Arbeit. Das ist der Knoten, den es zu entwirren gilt, die entscheidende Erneuerung der Struktur, die kopernikanische oder sagen wir: gorbatschowsche Wende.

VÖRÖS Aber wird der begonnene Dialog auf diesen Kern dringen?

BRAUN Alle Erfahrungen drängen dahin... sie dürfen nicht mehr verdrängt werden. Auch die Erfahrung der Schuld. Der Dialog bleibt unglaubwürdig, wenn die Teilnehmer nicht bekennen, was sie bisher gemacht haben. Der Riß geht durch die Gesellschaft; sie muß ihren Streit zeigen. Man muß wissen, wem man sich anschließen kann: Krenz, Modrow, Tisch oder Gerlach oder. *Oder* wird das wichtigste Wort im Verständigungsprozeß. Vorgetäuschte Einheit, das war der alte falsche Leitungsstil. Der führt buchstäblich zu nichts.

VÖRÖS Die Literatur der DDR hat den Dialog seit langem gesucht: und mit ihren Lesern geführt.

BRAUN Und das war kein kleiner Kreis. Wir erleben jetzt, wie rasch die Geschichte einigen unserer Hoffnungen nacheilt und unserem Zorn, unserem Hohn entgegnet mit der lächelnden Selbstverständlichkeit ihrer Wende. So wird einiges abgearbeitet, aber wichtiger ist, was nicht in den

Büchern steht. Es steht darin: *Wenn wir uns nicht selbst befreien, bleibt es für uns ohne Folgen.* Wir müssen den Satz jetzt umkehren: Wenn wir uns befreien, hat das Folgen. Sie lassen sich nicht ermessen. Wir werden daran zu tragen haben. Wir müssen grausam-gründlich auch die neuen Illusionen kritisieren. Wir sind in Gefahr, einen halben Schritt zu tun; wir stünden dann auf einem andern Bein auf demselben Fleck. Oder wir reisen, und sind noch immer nicht bei uns zuhaus. Halbheiten kommen für gewöhnlich teuer zu stehen: so ist es im Wohnungsbau, und so beim Umbau des Staats.

VÖRÖS Sehen Sie eine Gewähr für den Erfolg der Wende?

BRAUN Es gab einmal einen geschichtlichen Augenblick, der fast eine Gewähr bot: der Prager Frühling 1968. Was für eine ideale sozialistische Erneuerung, verglichen mit den polnischen oder ungarischen Reformen! Das Volk und die Partei verbunden: welch unwiederbringlicher Moment. Jetzt leckt man sich die Finger danach. So einfach ist der Sozialismus nicht mehr zu haben. Was jetzt bei uns begonnen hat, ist dem gewaltlosen Druck der Straße geschuldet – und denen, die unsere Straßen verlassen haben. Was weiter wird, entscheidet allein der Druck der Bleibenden. Der Druck der Interessen, die sich ihre Vertretung schaffen. Mit Demonstrationen kommt man noch nicht ans Ziel: der Kampf der Interessen macht es sichtbar. Wir müssen ihn nicht fürchten. Brecht spricht im Me-ti, dem »Buch der Wendungen«, vom produktiven Konflikt, der die Verhältnisse in Bewegung bringt – er muß gesucht, er muß organisiert werden von einem Ensemble politischer Foren und Parteien, die auf dem Boden der sozialistischen Verfassung stehen.

VÖRÖS Wenn es denn eine sozialistische sein muß...

BRAUN Die Geschichte ist gut für Überraschungen. Wir sehn Sozialismen verschwinden in der Versenkung. Die Kapitalisierung der ganzen Welt, dies wäre nicht – wie westliche

Zeitungen erwägen – das Ende der Geschichte, aber die Vertagung einer großen Hoffnung. Soll sich der Osten vom Westen kolonisieren lassen? Noch ist ja nichts bewiesen. Wo leben wir denn – und »wird nach uns kommen nichts Nennenswertes«? Das Wiener Schnitzel ist zu wenig für unsere Appetite, ein kleiner ungarischer Raubkapitalismus produzierte womöglich eine Eindrittelgesellschaft, und die neue soziale Not wird die Volksrepublik ganz in den Westen driften lassen oder in eine neue sozialistische Unruhe; und die Frage ist, ob es nicht etwas Moderneres gibt als den Zirkus der Parteien, eine Demokratie der Basis, eine Demokratie, die Lösungen für alle will. Freizügig und selbstbewußt, solidarisch in sich und mit der Natur und mitdenkend mit der Welt. Vielleicht haben wir die Kondition. Ich behauptete vor wenigen Wochen: unser Staat, unser trostloser Staat könnte sich auch eine Kühnheit erlauben – in der Freiheit, in die ihn die sowjetische Demut setzt –, es könnte ein Ruck durch die Gesellschaft gehn, eine Ermutigung, die ungeahnte Kräfte freisetzt. – Der Sommer steht vor der Tür, sagte Müntzer; stoßen wir sie jetzt auf.

VÖRÖS In die Republik.

BRAUN Na gut. Ach was. – In die Realität.

DIE ERFAHRUNG DER FREIHEIT

Frühjahre der Völker. Seltenzeit
Wenn sie ausgehn, aus ihrem Schlummer
Ins Freie. Das Eis
Der Strukturen bricht, und es hebt den Nacken neugierig
Der Unterdrückte.

1

Wir machen die Erfahrung der Freiheit. Zuerst auf der großen Straße in Leipzig, nun auf den östlichen Plätzen Berlins erleben wir sie, in unserer angstlosen Entschlossenheit, und selbst der aufgeschreckte Staat begreift durch den öffentlichen Unterricht, was der Stoff dieser Tage ist.

Wir erleben die größte demokratische Bewegung in Deutschland seit 1918 – und die Richtung geht wieder von unten nach oben. Das ist keine Gewähr, daß diese Bewegung anders verläuft als alle Kämpfe der deutschen Geschichte. Aber wir sehen die ruhige, unaufgeregte Kraft der Massen, die das notwendige Bedürfnis haben, ihr unergiebiges Leben zu ändern. Sie verabschieden sich aus dem zentralistischen Sozialismus. Ein Abschied in aller Öffentlichkeit, ein Abschied, um sichtbar anwesend zu sein. Die Massen haben den ersten, den nächstliegenden Schritt getan – der Regierung bleibt übrig, den übernächsten zu tun: die Staatsstruktur zu ändern. Der erzwungene übernächste Schritt: das ist die jetzige Revolution.

2

Das Neue erscheint dem Beharrenden als Schrecken. Die Partei, die sich im Singular nennt, weiß sich über Nacht in der

Opposition. Es ist ja so; auf der Straße ist sie es. Es ist auch die würdigste Arbeitshaltung, sich so zu sehn: in Opposition zu den rostigen Verhältnissen. Die »sonstigen« Organisationen stehen beschämt vor ihrer eigenen Nichtigkeit. Freie Wahlen, das Harakiri der Herrschenden, werden die Kräfte durcheinanderwürfeln. Die Mauer hat ein Loch, sie ist ein hinfälliges Bauwerk. Jeder kann gehn; zum Problem werden die Bleibenden. Die administrative Larve der Gesellschaft platzt, und darunter regt sich ein rohes, ungelenkes, verwirrtes Wesen. Sein Auftritt zerstiebt die Selbstherrlichkeit des Systems.

3

Wir sind das Volk. In dieser gefährlichen Stadt Berlin steht es mit dem Rücken zur Mauer und starrt fröhlich in das fahle Gesicht der Macht, die ihm vorenthalten war. Es hat sie nie besessen, aber sie hat so lange in seinem Namen geherrscht, daß es sich enteignet fühlt. Sie hat sich seinen Kopf zerbrochen, und es stand da wie dumm; sie hat nicht diskutiert, und nun hört es ihr nicht mehr zu. Es spürt in diesen Tagen, wie die Macht ihm zuwächst, und es verhöhnt sie, es ruiniert sie. Soll es wirklich gefragt sein? Es ist hin- und hergerissen von der Verlockung oder Verführung. Die Macht der Mehrheit! ein aufgelöstes, kopfloses Ding, mit dem man nicht umgehn kann. Sie fliegt auf uns zu.

4

Wir haben die Demokratie nicht gelernt. »Der Preis des Stalinismus war der Verlust der Wissenschaftlichkeit« (berichtet Kuczynski seinem Urenkel), und vor allem der Kreativität, der sozialen Fantasie, der Lebenskultur.

Ja, *wir sind das Volk*. – Sind wir »das Volk, der große Lümmel«? Zeigen wir etwas von der »Weisheit des Volks«? Wir haben jetzt sehr viel in der Hand; wir können es festhalten, und wir können es fallenlassen. Jetzt muß sich die Weisheit bewähren: im Abwägen von Druck und Geduld, im Antreiben des Prozesses, und indem wir einer neuen Regierung Chancen geben. Unsere Spontaneität ist die eigentliche Kraft, die Muskulatur des politischen Lebens; aber gefordert ist Beständigkeit der Aktionen im Bewußtsein der Ziele.

5

Was macht die Wende notwendig? Daß unsere gesellschaftlichen Formen ohne Inhalt sind. Sie müssen ihn sich aneignen. Die Volksvertretungen müssen Volksvertretungen sein, die Gewerkschaften Gewerkschaften, die Justiz muß Justiz sein (die losgelassenen Zeitungen sind schon darin begriffen, sich ihre glücklichen Namen zu verdienen). Wir erleben, wieviele Gedanken jetzt sofort freigesetzt und zu Maßnahmen werden, weil die »eiserne Scheu« von uns genommen ist. Aber viele der Formen werden sich nicht halten lassen, der gewonnene Inhalt wird sie sprengen und muß eine andere Struktur erzwingen. Eine durchsichtige und beweglichere Staatsform, in der wir unsere Arbeit erkennen und die sich unseren Bedürfnissen anschmiegt.

Wenn die Kommandos verstummen – wie kommen wir zu solidarischen Entschlüssen?

6

Wie lernen wir das, regieren?

Eben noch ruft das witzige Volk der Führung zu, sie habe ihre »historische Mission erfüllt«, und schon kommt die Antwort aus dem Off: *Du mußt die Führung übernehmen.*

Voraussetzung des Lernens ist die Abwesenheit von Angst – deshalb können die Alten nicht fortregieren. Angst hängt an der Gewalt. Das ist der Ziegnereffekt, der obskuren schweriner Kundgebung. Es bedarf einer anderen Psychologie, deren Haupttrieb Vertrauen ist. Das Vertrauen setzt eine andre Dialektik in Gang zwischen den vorläufigen Etagen, deren Konsequenz Umbau des ganzen Gebäudes heißt.

7

Noch erleben wir die Freiheit frei von Verantwortung. Aber wir werden sie tragen müssen. Die Freiheit wird uns in die Pflicht nehmen. Die Demonstrationen, wenn sie durch den Winter sind, wandeln sich zur demokratischen Willensbildung. Das bedeutet Kritik des Apparats bis zum Ende. Heute ahnen wir, was Marx meinte mit der »unbestimmten Ungeheuerlichkeit« der Zwecke sozialistischer Revolutionen, die sie, sich beständig kritisierend, unterbrechend, neu beginnend, verfolgen. Wenn der Prozeß bis zum Umschlagspunkt getrieben ist, wenn »jede Umkehr unmöglich« ist »und die Verhältnisse selbst rufen: Hic Rhodus, hic salta! Hier ist die Rose, hier tanze!«, endet die Herrschaft von Menschen über Menschen, und es beginnt »die Verwaltung von Sachen«.

8

VOLKSEIGENTUM PLUS DEMOKRATIE, das ist noch nicht probiert, noch nirgends in der Welt. Das wird man meinen, wenn man sagt: made in GDR. DIE VERFÜGUNGSGEWALT DER PRODUZENTEN.

Das ist das eigentliche Feld, das umbrochen werden muß in langer geschichtlicher Arbeit, und wir wissen nicht, was es trägt. Die Erfahrungen werden bitter sein von den Widersprüchen der halbverwüsteten Welt. Aber es sind Erfahrungen der Freiheit.

Vor zwanzig Jahren sagte eine Bühnenfigur provozierend: »Das ist das langweiligste Land der Erde.« Jetzt sage ich gelassen: es ist das interessanteste Land. Denn unsere Interessen sind stärker ins Spiel gekommen.

Machen wir uns auf in das Land hinein.

NOTIZEN EINES PUBLIZISTEN

Vom Besteigen hoher Berge. Das Werkzeug der Geschichte. Die Wege im Tal. Kommt Zeit, kommen Räte

1

Jetzt geht es nicht mehr vorwärts in dem ewigen Schnee
Formulare / Kies / Versprechungen / kalter Kaffee.
Jetzt hat uns die Höhenkrankheit befallen
Und jeder sieht sich verfolgt von allen
Bis in die Betten und Bilanzen.
Jetzt kämpfen wir gegen Wanzen.
Jetzt übersteigen offenbar uns die Wege
Mit ihrem Geröll / Eckziffern / Privilege
Wo wollen wir eigentlich hin.
Ist das überhaupt der Berg, den wir beehren
Oder eine ägyptische Pyramide.
Warum sind wir so müde.
Müssen wir nicht längst umkehren
Und von unsern Posten herabfahren.
Und uns aus den Sicherungen schnüren
Denn dieser Weg wird nicht zum Ziel führen.
Tappen ins Ungewisse, aus dem wir aufgestiegen waren.
Die Reibung unser einziger Halt.
Tagelang arbeiten, um einen Zoll zurückzugehn
Verschwinden, um zu bestehn.
Aufstieg gleich Abstieg, heiß kalt.
Und den Gipfel in wieder erreichbarer Ferne zu sehn.

Der Text ist von 1977. Jetzt sind wir im Tal, mit unsern Rucksäcken, Seilen und Eispickeln.

2

Als Lew Trotzki 1927 aus der KPdSU ausgeschlossen wurde, sagte er: es gibt aber kein anderes Instrument, um Geschichte zu machen.

Das Instrument, das er zuletzt im Kopf hatte, war der Eispickel der stalinschen Geheimpolizei.

Seine verzweifelte Behauptung hatte zwei Voraussetzungen: zum einen waren die Sowjets längst von den Bolschewiki preisgegeben, zum andern kämpfte Trotzki, der einstige »Zuchtmeister« der Massen, für eine erneuerte Partei, eine Partei ohne Bürokratie.

Seine Rechnung war einfach: im Staatsapparat sei einer dem andern untergeordnet; in der Partei seien alle gleich, so daß die Erfahrungen aller Bereiche unverfälscht zusammenschießen könnten zur radikalen Analyse. Das sei ihr einmaliger Vorzug, der sie instand setze zu führen.

Das war ein Tagtraum, in der geschichtlichen Dämmerung. Die Klarsicht Lew Dawidowitschs machte ihn zum Provokateur; er definierte die Partei im Unterschied zum Staatsapparat, aber sie hatte sich an dessen Stelle gesetzt; er bestimmte ihre Selbstlosigkeit, und sie begriff sich als Macht. In Gesinnung und Aufbau verkörperte die stalinistische Partei das Mißtrauen gegenüber dem Volk. Das Instrument war zum Apparat verkommen, über der angeherrschten Klasse.

In der jetzigen Volksbewegung in der DDR, die den Apparat hinwegfegt, blitzen andere Instrumente auf. Jedes für sich von zweifelhafter Dienlichkeit, aber jedes stellt den Anspruch »der Partei« in Frage. Sie steht vor den leeren Tribünen, im Schatten der ungeheuren Freiheit. Sie kommt dazu wie der Blinde zur Ohrfeige. Noch an der Kandare der Disziplin und des falschen Auftrags, entdeckt sie die Erneuerungswut ihrer Zellen. Denn das macht auch die Partei frei, macht sie erst zur *Partei*: daß sie dem Absolutismus entsagt, in ihrem Organisationsprinzip wie in der Beziehung zum Staat. Die Macht zu sichern, indem sie sie der Partei sicherten, das war der säkulare Irrtum der Kommunisten.

Sie dürstet nach einem neuen Selbstverständnis. Aber kann sie sich überhaupt noch verstehn? Sie kann es nicht, wenn nicht im Zusammenhang mit dem ganzen Aufbegehren, der plötzlichen Vielfalt politischer Organisationen, worin sozialistischer Geist zur Verwirklichung drängt. Sie hat kein Recht mehr als in ihrem solidarischen Anteil an der Demokratie; ihre sogenannte Rolle fände sie nur im Spiel der Kräfte.

Nicht die Macht mehr; eine »vornehmere« Funktion, als Instrument radikaler emanzipatorischer Interessen, als Organisator des Widerspruchs, der produktiven Konflikte.

Ich weiß nicht, ob ich noch von ihr rede.

3

Jetzt im Tal, beschleunigt Hoffnung die Schritte. Das Volk hebt *demonstrierend* den Blick: wohin hinauf? Auf welche ökonomische Höhe? Wollen wir einen riskanten Aufstieg wagen, oder die Möglichkeiten des ebenen Geländes nutzen?

Wir müssen nicht die absolute Schneelinie der kapitalistischen Großproduktion erreichen, mit der wir paktieren. Wir haben nicht die Ausrüstung, und die Mentalität, uns in Stücke zu reißen, ist auch verlorengegangen. Wir sind die politische Kette los; binden wir uns nicht wieder an ans Gängelband eines falschen gesellschaftlichen Interesses, das im Kaufhaus des Westens zu haben ist. Wir kannten den Opportunismus der Macht: fürchten wir jetzt den Opportunismus der Freiheit.

Laßt uns eine andere Gangart wählen als die der Räuber, die wir waren. Eine Gangart, mit der wir zu anderen Zielen kommen, zu sanfteren Technologien, zu einem milderen Markt. Der horizontalen Gesellschaft kann eine soziale Produktion entsprechen, die Erfindungen anderer Art braucht als die der erbarmungslosen Konkurrenz.

Das berühmte »überschüssige Bewußtsein« in der kleinen Republik gilt es abzurufen: das *andere Denken* für eine andere Arbeit. Das wäre eine gewisse »Sicherung«, wenn wir uns nun der raschen anderen Seilschaft attachieren. Es wird auch so ein harter, anstrengender Gang, aber wir könnten eine Alternative leben. Unser Haushalt wiese sich aus durch Produktion von Vernunft; unser Planziel die Versöhnung mit der Natur, auch unserer eigenen, nicht länger ihre Katastrophe.

4

[Rede auf der Veranstaltung »Was tun?!« am 3. Dezember 1989 im Friedrichstadtpalast in Berlin]

Die Demonstrationen machen jetzt die Politik, unter freiem Himmel, bei Wind und Wetter. Währenddessen bringt sich die neue Regierung unter Dach und Fach. Ich sehe nicht, wie das auf Dauer zusammengeht, wie der Willen der Straße in das Hohe Haus ziehen soll. Er ist diffus, dunkel und wankelmütig, und er hat keine Vertretung, die den Streit der Interessen in den Belegschaften und Wohngebieten austrägt und ihn nach oben vermittelt.

Wie denn auch?

In den Betrieben arbeiten die alten und neuen Organe nebeneinander. Es gibt die Parteigruppen, das Neue Forum usw., es bestehen oder bilden sich diese kleinen Apparate ohne integrales Getriebe. Es wird viel geredet, aber es gibt keine Stimme, die mit Macht hinausdringt.

Die Einheitspartei repräsentiert weniger als je die Einheit, selbst wenn sie sich demokratisierte bis zur Verdünnung. Was nützt es ihr, sich nur um ihren Neuaufbau einen Kopf zu machen, vor den sie jetzt doch gestoßen wird? Sie ist eine Splittergruppe wie alle anderen Splittergruppen.

In der Volkskammer nun etabliert sich der sozialistische Parlamentarismus, als eine zähe Struktur, in der wir für Jahrzehnte hangeln werden. Wir bemerken schon auf ihrer ersten wirklichen Tagung das Gekungel beim Verteilen der Posten. Das ist der Vorgeschmack auf eine süßsaure Mahlzeit, bereitet vom Zufall fragwürdiger Mehrheiten und Ansprüche der Parteien. Ich sehe keine Gewähr dafür, daß sich das notwendige Bedürfnis der Massen unverdorben durchsetzt.

Das parlamentarische Gerangel wird ein enormer Fortschritt sein gegenüber der absolutistischen Erstarrung, aber ich frage, ob es nicht etwas Moderneres, etwas Demokratischeres gibt: wenn wir schon einmal in der unwiederbringlichen Lage sind, als Gesellschaft nachzudenken.

Denn täuschen wir uns nicht: so zwanglos werden wir so bald nicht wieder voreinander stehen. Es ist ein seltener geschichtlicher Augenblick, in dem wir die Macht in Händen haben, die Zukunft zu korrigieren. Besinnen wir uns. Überlegen wir. In wenigen Monaten, nach den freien Wahlen, wird guter Rat teuer sein.

Erinnern wir uns an eine alte Sache, die immer aus der Hand geschlagen wurde, wo sie angefaßt wurde: die Macht der Räte. Sie hätte heute das Gemeineigentum als gewaltige Stütze: wenn es verfügbar gemacht würde; sie müßte sich nicht wegducken unter dem Regierungs- oder dem Parteiapparat. Die Räte, Bürgerforen oder Runden Tische – wie immer man es nennt – könnten das Dach sein, unter das sich die streitbare Arbeit der Gruppen und Parteien flüchtet, weil sie nicht jede ein Büro beanspruchen können in den Buden und Instituten. Sie müssen sich schon »zusammensetzen«, die fähigsten Leute dieser Gruppen und Parteien: in der Abteilung, im Betrieb, im Betriebsverbund usw. auf allen Ebenen, *um schon unten an dem Text zu arbeiten, der oben geredet wird.* Sonst stehen sie alle im Regen der Vergeblichkeit. Die unten gewählte, oben kooperierende Vertreterschaft (die Volkskammer nur der oberste Rat), die Selbstorganisation der Produzenten als die lebendige Staatsstruktur, die sich aus dem harten Diskurs zwischen den Ebenen speist – sie wäre die massenhafte Autorität, die die Regierung beauftragt oder ihr entgegentritt, die erworbene Autorität des Volkes.

Sie hat sich auf den Straßen gezeigt – lösen wir diese Demonstration nicht auf. Zersplittern wir nicht unser leidenschaftliches Begehren, ganz ohne Zutun der Polizei. Wir müssen zusammenbleiben, um uns wahrzunehmen; suchen wir die Staatsform, die ein Protestmarsch bleibt gegen die elenden Verhältnisse.

LEIPZIGER VORLESUNG

Meine Damen und Herren. Nun müssen wir Poesie nicht aus der Zukunft reißen. Wir erleben, wie sie in unserem Augenblick geboren wird, nicht nur als scharfer Text der Tafeln und Transparente, mehr noch im Grundgefühl des Anspruchs auf Austrag der Widersprüche, auf das Ende der Schrecken im Vorschein der Schönheit, den unsere Demonstrationen machen, die gewaltlose Kraft, die unser aller Leben in die letzte Krise treibt, hinter der das Andere wohnt, das Ungeheure, Eigene, zu dem wir jetzt gefordert sind. »Schlag das Buch zu./ Die Kunst beginnt erst/Wirklich« heißt es in einem alten Text, der plötzlich zu entziffern ist. Der poetische Vorgang, in den wir uns vermengen, schafft eine neue Wirklichkeit – so ist es immer auf dem Papier, jetzt auf der Straße. Es gibt ungeschriebene Gedichte, das sind die Revolutionen. Hören Sie eine Notierung aus grauer Zeit jetzt mit dem Mehrwissen aus dem leipziger Unterricht, der an den Montagen erteilt wird: »Das ist es, was das Gedicht auslöst: es löst uns von unsrer alten Existenz. Wir gehn über uns selbst hinaus, wir werden reicher. Wir fühlen unsre Wesentlichkeit. Wir wollen uns und die Welt verändern: wir treten uns im Gedicht selbst gegenüber als gesellschaftliche Wesen, wir sehen uns in unserem Wesen bestätigt. Das ist der Genuß, den das Gedicht gibt: wir genießen uns selbst. So, durch alle erst, beginnt die Poesie zu wirken, wird sie wirklich.«

Aber bedenken Sie, daß in den Aufmärschen der Schrekken noch lebt, in unserer Freude und Furcht, noch marschiert das unaufgelöst, Aufbruch und Niedertracht, GROSSDEUTSCHLAND und WIR SIND DAS VOLK, noch ist nichts entschieden: das meine ich, dieses Härteste, Unaushaltbare, das Poetische. Ein Gedicht von 1971, *Die Morgendämmerung* (oder nenne ich es Demonstration?): »Jeder Schritt, den ich noch tu, reißt mich auf.«

Ich trage Ihnen vier ungeschriebene »Frankfurter Vorlesungen« vor, vor ein, zwei Jahren konzipiert; es war nicht die Zeit, sie auszuführen. So rasch, wie die Zeiten hier gehn, sind vier frankfurter Vorlesungen eine leipziger, nur sieht mein armes Manuskript alsbald aus, wie vernünftigerweise eine Mitschrift aussieht: herausgegriffene Sätze, mehr oder weniger glücklich erfaßt, Exzerpt, Gerippe eines Textes, das zu füllen wäre mit Zweifeln und Belegen und Widerspruch, und vor allem mit dem Kies, auf dem man folgen kann.

Die Titel der Vorlesungen, wie ich sie 1988 notierte:

Die Literatur als Fluchthelfer

Sünne oder: Die Ästhetik der Widersprüche

Es kann so sein, es kann aber auch anders sein. Die Literatur der Wende

Entwirklichen/Verwirklichen. Der Gang in die Tiefe.

Die fünfte Vorlesung und praktische Folge sollte der *Bodenlose Satz* sein. Ich entschloß mich aber damals, gleich zu bilden und nicht zu reden, mithin eben diesen einen Satz zu sagen, den wütenden und entsetzlichen Satz zu den Verhängnissen unseres Lands, dessen Krise offenbar war.

Der Satz war das Letzte, das ich sagen wollte ... denn anderes hatte ich im Sinn, in meinem Leichtsinn, der nun präludieren soll, zu deutsch: einleitend fantasieren.

1 Die Literatur als Fluchthelfer

Tieflieger über Jüterbog, ich kann meine eigene Stimme kaum verstehen. *Ich reise aus*, sagt die Person in meinem Text. Wie, ich verstehe nicht. *Es ist an dem*, sagt sie. Das wirst du nicht, erwidere ich. *Das bestimmst nicht du*. Sie ist meine Figur, mein Geschöpf; ich habe sie hier alle vor mir – *Na und, hast du deshalb alle Macht? über mich, alles Recht?* ruft sie. *Ich will hinüber.* Das werden wir sehn ... Sag mir den Grund, einen wirklichen Grund, warum du dein verdammtes Land verläßt! *Mein geliebtes Land... Ein verdammter Mann. Ich sehne mich nach ihm. Ich geh zu ihm.* Ich sitze betreten an meinem Tisch und blättere in den Papieren. Sie spricht von diesem Niederländer, ja, mit dem sie sich in Leipzig trifft, bei der Dokumentar- und Kurzfilmwoche. Dem Jungfilmer, dem sie schöne Augen macht, und er ihr schöne Bilder: von ihr. Ich sehe sie an, die Bilder... oder stelle sie mir vor. Ein blühendes Geschöpf (meiner Fantasie), ein wenig mager, aber deren Waden sich, wie in Sachsen üblich, küssen beim Gehen. Sie will gehn? Und küssen, küssen. Gegen die Liebe ist kein Argument gewachsen. Sie übersteigt... die Mauer. Ich muß diese Person ziehen lassen, ihr hinüberhelfen... mittels einer raschen Ehe. Ich muß Trauzeuge sein, ich muß ihr trauen, so sehr sich auch der Text verdächtig macht. Ich muß der Fluchthelfer sein.

Die langwierigen Formalitäten sind ein Roman, den ich andern überlasse; mir genügt es, daß sich das Blatt wendet. Kaum stehen sie nämlich auf der anderen Seite und atmen den Himmel Nederlands, als sich die Heldin von der Nebenperson trennt und ihr den Laufpaß gibt. Es war eine Ehe auf dem Papier, Jan Pieter war ihr zu Diensten gewesen, und sie zerreißt es jetzt. Ich seh es ungläubig von meiner Warte aus, von meinem Tisch, ich leichtsinniger Mensch, der sich an Worte hält. Er aber hält ihre Hände fest, er mag die junge Frau nun, er fühlt sich benutzt... und sie lächelt, kalt an ihm vorbei, zu mir hin; er soll ihren Schmerz nicht merken, ihre Verwirrung, denn sie ist mit sich nicht im Reinen, wie diese Niederschrift. Sie steht auf dem fremden harten Pflaster, Den Haag oder Madrid. Sie hat sich entschieden für eine andere Welt. Wie soll ich das vereinbaren mit meiner VERANTWORTUNG? Sie fragt mich nicht; sie stellt infrage, was ich weiß. Ich soll mich zu ihr stellen... und die Welt nicht mehr aus meinem Winkel ansehn, aus so einseitiger Sicht. Sie ahnt nicht, was sie von mir verlangt. Verlassen, was ich kenne, dessen ich sicher bin. Ihr alle Rechte geben – JEDEM DIE WELT UND ALLEN DIE

SONNE ... die Sonne, die Freiheit ... »Freiheit ist immer Freiheit der Andersdenkenden« (Rosa Luxemburg, *Zur russischen Revolution*), anders zu denken als ich. An die Freiheit nicht nur zu denken.

Tiefflieger. Abfangjäger. Ich bin nicht Herr meiner Sinne, könnte ich sagen, meiner Sünde ... ich sage Sünne, das widersprüchliche Wesen. Ich habe keine Wahl, sie ist der Mensch, der mir so gleicht, daß er mich töten wird.

Soll sie gehn und ihre Erfahrung machen. Die Flucht war mein Sujet gewesen, das mir lag: ich warb und führte meine Helden jahrelang, ein wahrer Menschenhandel. In meinem Text, in dem ich kommandierte, Vorschriften machte, erwünschte Wendungen. Eingreifende Literatur! Jetzt kann sich Sünne selber engagieren, sie wird zur Demo gehn, zur SHELL-Blockade, naß bis aufs Hemd von den Wasserwerfern; und im luftigen Kleid flanieren an der Herengracht, bis an die Zähne satt vom Wohlstand. Es geht ein anderes Leben an, aber sie läßt das alte nicht los, die räuberische Gewohnheit. Ich, oder ein anderer Autor, kann nicht verhindern, was geschieht: es ist nur zu real. *Es muß sein* ... Es muß gesagt sein, wenn ich bei ihr bleibe. Was geschieht ... das Schlimmste jedenfalls. Daß ich sie verstrickt seh in die Unmacht, den zähen mächtigen menschlichen Gang. Die Flüchtlinge alle, die Seßlinge auf der Erde, die sie durchforschen und zerwühlen, modeln und zermalmen, mit ihrer bedenklichen Ausbeute in den Händen. Ich sehe Sünnes Hände, die sie Jan Pieter entzieht ... ich seh sie mit angstlosem interessiertem Blick: und fühle auf einmal die Freiheit, meine eigene große, meine unfaßbare Freiheit.

So nun mache ich das Experiment, Ihnen nur Stichworte zu geben, die Sie als gelehrtes Publikum zu einem Text weben könnten.

2 Sünne oder: Die Ästhetik der Widersprüche

Sünne: Sinne/Sünde
das »widersprüchliche Wesen« also
die »literarische« Figur
und indem es ein dänischer Vorname ist zugleich die besondere verwundernde Person

Ästhetik des Widerspruchs ...
die Protestliteratur
ihr moralisierender Charakter
(die sowjetische Dorfprosa)
besser gesagt: der Einspruch
das verantwortliche Ressentiment
gegen die Folgen in der Natur

die Ursache ist aber das Problem: die Arbeit
sie hat es in sich, ein zweischneidiges Schwert
Entwicklung und Verwüstung
sie muß in ihrem Dilemma begriffen werden

oder: ... der Widersprüche
der Widerspruch in der Sache
dialektische Gestaltung

der Widerspruch als Wechselwirkung zweier koexistierender Gegensätze, die einander bedingen und zugleich ausschließen

das Alte/Neue } im selben Menschen
das Gute/Schlimme } in selber Gesellschaft

siehe Balke, der Lohndrücker
(er war Denunziant im Faschismus und wird Aufbauheld)

die Helden sind Unholde
die Verdienstvollen die Schuldbeladnen
»Viele Männer sind in einem Mann«, heißt es bei Brecht

der Widerspruch »die Wurzel aller Bewegung und Lebendigkeit; nur insofern etwas in sich selbst einen Widerspruch hat, bewegt es sich, hat Trieb und Tätigkeit« (so sagt es Hegel, *Logik II*)

die Dinge bis zur Kenntlichkeit entwickeln –
das Bauen aus den Widersprüchen
es gibt kein anderes Material, das trägt, das eine solide Konstruktion ermöglicht
sie sind die Stützen, die einen luftigen und kühnen Bau ermöglichen

wenn man nur einseitige Fakten gelten läßt, werden sie der Armierungsstahl einer anderen Bauweise: der der Ideologie. Die Ideologie braucht Beton, sie macht Bunker. Oder sie planiert, einen sturen Weg. Sie zeigt nicht, wie es weitergeht

Entwicklung: das ist Einheit und Kampf der Gegensätze

die Widersprüche aushalten, nicht zuschütten, nicht die »Einheit« retten (die hegelsche »Einheit im Wesen«): es ist nun handgreiflich, was Marx damit meinte, daß ihr ein tieferer Widerspruch zugrunde liege, ein Widerspruch im Wesen, der den Mann/die Frau, die Gesellschaft (und gegebenenfalls das Publikum) zerreißt, der die Existenzform sprengt –

Mattheuers Figur *Verlorene Mitte*
die »Mitte« war die Einheit des Charakters:

der edle Mensch, der gute Soldat, der treue Genosse usw.: jetzt sehen wir seine heillose Bewegung, d. h. der Körper ist ausgespart, wir sehen die Extremitäten, die rechte Hand zum faschistischen Gruß gestreckt, die linke mit erhobener Faust, ein nacktes Bein gewaltig ausschreitend, das andre nachschleppend im Soldatenstiefel (andere Fassungen hießen: *Alptraum, Aggression, Jahrhundertschritt*)

es ist ein Bild der zerrissenen Menschheit

»Die Person ist verschwunden« in der Aktie oder der Partei (Müller) bedeutet doch nur: sie befindet sich in einem größeren Gefüge, in dem sie nicht gefragt wird, sie ist Nutzlast oder Ballast im staatlichen Hebelwerk, das aber in ihr Inneres greift, sie aushöhlt oder aufspaltet in ihre extremen Reaktionen

die Diskontinuität, die Brüche der Geschichte enthalten im zerbrochenen Mann

die Ambivalenz, das Unaufgelöste
der unentschiedene Kampf

gegen die Ästhetik der Anpassung, der Versöhnung
gegen das restriktive Schöne (Lehmann)
die affirmative Herrschaftskunst

»Die schmerzliche Verunstaltung des Menschen unter der Wucht der Destruktion widersprach der Ansicht der Partei, daß der Kämpfende in jeder Lage seine Stärke und Einheit beizubehalten habe.« (Weiss)

: die Ästhetik des Widerstands

in allen Künsten diese anderen Mittel, die Widersprüche auszustellen: im generellen Fragment, in der nichtlinearen vieldimensionalen Fabel, in der zersprengten Skulptur, auch in den darstellenden Künsten: statt »Integrität« die Dichotomie von Text und Körper, Empfindung und Handlung usw.

ich füge hier eine Tagebuchnotiz an vom 18. Jan. 89:

»mit hrdlicka, den ich gestern wie erwartet im bräunerhof fand, heute ins atelier. der letzte block seines mahnmals GEGEN KRIEG UND FASCHISMUS...
am albertinaplatz suche ich nach dem aufs pflaster gebückten juden mit der zahnbürste und sehe nur einen bronzenen klumpen am boden, fast nur ein rumpf mit altem marxgesicht, einem widerständigen erdhaufen, dreckhaufen gleich, zwischen den verstreuten mächtigen steinen. hrdlicka kann kein ›geschlossenes bild‹ geben, er baut eine zersprengte landschaft gegensätzlicher segmente, die selbst fragmente sind und nur partienweise zu körperlicher form behauen, eindringliche torsi gequälter/kämpfender aus dem rohen granit tretend, ein hoher block dahinter mit eingemeißelter schrift, und die bronzeskulptur als ein sinnkern von lakonischer unheimlicher sprengkraft. mir wird die ähnlichkeit seines verfahrens mit dem verfahren des stückeschreibens bewußt, dem auch die geschlossene fabel nicht taugt, das aus blöcken baut, die sich kontern und weiterführen, für einen moment womöglich klartext spricht und mit den wüsten teilen einen kern umschließt, der in äußerster gespanntheit das rätsel, das verhängnis, die lösung enthält, das medusenhaupt im schmerz der helle der zerreißenden erkenntnis. – ob aber, sage ich mir auf dem längst beruhigten platz, die verallgemeinernde struktur provoziert wie das entsetzliche abbild, hängt von der wucht und dem widerspruch ihrer szenen ab.«

3 Es kann so sein, es kann aber auch anders sein. Die Literatur der Wende

das Nicht – Sondern Brechts:
»Das, was der Schauspieler nicht macht, muß in dem enthalten sein, was er macht. So bedeuten alle Sätze und Gesten Entscheidungen« ...
: also nichts als »notwendig«, ohne Ausweg

das Handeln gibt, an seinen Einbruchstellen, den Ausblick (die Reflexion, die Erkenntnis) frei. Das epische Theater als Theater des geprügelten Helden. »Der nicht geprügelte Held wird kein Denker.« (Benjamin)

> das geprügelte Volk hat nun zu denken begonnen, und natürlich hat es künftig neue Prügel zu gewärtigen, wenn es nicht tief genug nachdenkt, die des Kapitals
>
> die Übergriffe der Polizei haben den ganzen Sozialismus verfremdet: die kalten Kategorien beweisen ihren Realismus; verfremden heißt, dem Vorgang oder dem Charakter das Selbstverständliche, Einleuchtende nehmen ... heißt also Historisieren, als vergänglich darstellen

der dialektische Humor: gezogen aus der Prozessualität der Ereignisse, alles ist Übergang. Verweigernd den »vollen Ernst«, den das Unabänderliche beansprucht

so auch der Umgang mit den alten Entwürfen
mit dem alten Denken
(mit dem Erbe)

– nicht als parodistisch verkennen
(es ist die objektive Parodie:
das Umfunktionieren)

die westliche
Ignoranz:
sie begreifen
es gar nicht...

: das Ändern der Literatur als Ändern der Geschichte (im Doppelsinn)

es gibt ja Alternativen,
in der bewußten Arbeit

es kann so sein und muß anders sein

der Dialog mit der historischen Vorgabe
das intime Verhältnis
zu Schiller, zu Brecht...
(*Demetrius*, 1804/05 – *Dmitri*, 1980
Lob der Partei, 1930 – *Lob der Massen*, 1965)
»die heutigen zeiten drehen uns die worte von gestern im mund um, die harmlosen mögen schrecklich klingen und die schrecklichen harmlos. die wirklichkeit selber arbeitet die texte um, man muß ihr folgen, um realistisch zu bleiben.« (Notat zu *Dmitri*)

aber auch das intime, rückhaltlose Verhältnis zum eigenen Entwurf, die Veränderung der eigenen Perspektive

die beschämende Unverfrorenheit unserer jugendlichen Gesellschaft (die nicht nur alt aussah, sondern auch alt dachte), deren Selbstverständnis wir teilten

das Verhältnis zur Natur
wie hat es sich in zwanzig Jahren gewandelt

Der Rauch
Die Fabrik unter Bäumen am See. / Vom Dach steigt Rauch. / Fehlte er / Wie tröstlich dann wären... (Sie kennen die schöne *Buckower Elegie*)

erst der Eingriff (*Durchgearbeitete Landschaft*, 1971)
jetzt *Die dunklen Orte* (1987)
ich lese die beiden Gedichte

Durchgearbeitete Landschaft

Hier sind wir durchgegangen
Mit unseren Werkzeugen

Hier stellten wir etwas Hartes an
Mit der ruhig rauchenden Heide

Hier lagen die Bäume verendet, mit nackten
Wurzeln, der Sand durchlöchert
Bis in die Adern, umzingelt der blühende Staub

Mit Stahlgestängen, aufgerissen die Orte
Überfahren mit rohen Kisten, abgeteuft die teuflischen
Schächte mitleidlos

Ausgelöffelt die weichen Lager, zerhackt, verschüttet,
zersiebt, das Unterste gekehrt nach oben und
durchgewalkt und entseelt und zerklüftet

Hier sind wir durchgegangen.

Und bepflanzt mit einem durchdringenden Grün
Der Schluff, und kleinen Eichen ohne Furcht

Und in ein plötzliches zartes Gebirge
Die Bahn, gegossen aus blankem Bitum

Das Restloch mit blauem Wasser
Verfüllt und Booten: der Erde
Aufgeschlagenes Auge

Und der weiße neugeborene Strand
Den wir betreten

Zwischen uns.

Die dunklen Orte

Im schattenlosen Wald, der trauernd steht
Am hundekahlen Kamm des Erzgebirgs
Geh ich umher, in der Dämmerung
Oder ists Rauch AUS BÖHMENS HAIN UND FLUR
Den sie nicht fassen an der Grenze, grau
Der Rasen deckt das Riesenhaupt
In dem es grübelt hundert Jahre
In hohlen Schächten, wo sie wohnen *wie*
Im Orkus, und viel arbeiten die Wilden
Mit gewaltigem Arm
Bei Altenberg
Die Binge starrend, Eingeweide
Seit das Erdreich einbrach unter Tage
Über Nacht, in dem die Arbeit pocht
Menschlichfreudig noch, wie sonst

Das ist der Berg. Und was ist nun die Predigt.
Die Stimme spricht: Kehr um. – Voran! voran
Im Dunkelen wo die Gefahr wächst
Die dritte aus dem Busche: BAHNE FREI

Schlittern die Kindlein auf der Teufelsbahn

Ich dachte stets, es würde erst beginnen.
Jetzt hab ich meine Tage abgerissen
Und saurer Regen rennt mir aus der Stirne
Kaum atmen mehr, nur reden das
In meinem dunklen Kopf / mein Tschernobyl
Wo auch das Kind im Mann ergraut
Und nicht verspricht die Erde noch zu dauern

Die Freiheit nun, so ungebunden stehn

Die Stimmen schrein. Im Hochwald hängt Herr Koch
In unästhetischem Zustand

DAS TAGWERK IST VOLLBRACHT.
S IS FEIERAHMD. GANZ SACHTE SCHLEICHT
DE NACHT.

die »übernatürliche« Kraft des technischen »Zaubers« brechen
es war das Denken der Räuber, der Zerstörer

und der Wandel der gesellschaftlichen Verhältnisse, der besonders begreiflich ist in der Beziehung der Geschlechter

die Unterwerfung der Frauen durch die sich zu Staaten rüstenden Männer (das *Nibelungenlied*)
jetzt der emanzipatorische Gegenprozeß (die *Frauenprotokolle*)

bei Hebbel sagt Klara: Heirate mich!
heute denkt Karl: Klara, heirate mich
– und sie denkt nicht daran

aber die Ernüchterung, Desillusionierung erlaubt/erzwingt das Wahrnehmen der ganzen unterdrückerischen Struktur

der »Lernprozeß« der Gesellschaft,
mitbetrieben von der Literatur

die Überarbeitungen, Fassungen
aber vor allem: Überarbeitung des Autors
eben die »künstlerische Freiheit«

der immer tiefere Ansatz, weil die kleinen Lösungen nicht für alle taugen

nicht mehr nur Probleme von Klassen, sondern Klassen von Problemen
das Bewußtsein der globalen Gefahren
die notwendige demokratische Erneuerung in Ost und West:

all das verbietet ein Denken der Konfrontation und braucht eine andere Art Literatur, die radikal die unterschiedlichen Erfahrungen artikuliert, ohne die abgeklärte, »allgemein-menschliche« klassische Haltung, eine Literatur, die auf den Streit der Interessen zielt, auf den gesellschaftlichen Diskurs, eine wahre Weltliteratur:

die Literatur der Wende

das klingt nun banal; es war als Herausforderung gemeint, denn das war mir gewiß, daß wir vor einer Wende standen (»Auf den Hacken/Dreht sich die Geschichte um;/Für einen Moment/Entschlossen« schrieb ich im Mai 1988, und im Frühjahr 89 die Geschichten Wie es gekommen ist im verzweifelten Präsens)

jetzt erleben wir einen Aufbruch, der die Fantasien auf dem Papier zur Makulatur macht, der stürmisch unsere Hoffnung überholt. Wenn im fiktiven »Bericht« *Vor dem Kiosk* die neue Macht wie aus dem Nichts ihren Einzug hält, wie aus dem Asphalt schlagend, so strömt sie in diesem Herbst leibhaftig über den Karl-Marx-Platz

ich lese eine andere dieser Geschichten:

Lear oder: Der Tod der Hundeführer

Lear ist nicht mein König; ich interessiere mich nicht für Könige; er ist ein Sinnbild, ein Bündel, ein gewisses Gebilde, das Macht hat. – Ob nun freiwillig oder nicht, er hat sein Erbe verteilt; er hat noch einige Soldaten und Bedienstete behalten, er übt noch seine Aufmärsche, lebt aber schon wie ein Gast im Land. Jetzt wird ihm auch das vermiest, man läßt es an Achtung fehlen, kränkt sein Gefolge, streicht ihm die Polizei. Den alle fürchteten, den alten Unterdrücker, läßt man vor der Türe stehn. Wie groß ist sein Leiden; es raubt ihm den Sinn. Er wirft seinen Pelz, seine Stiefel weg und steht in der Dübener Heide, naß und nackt; und sagt, das ist irre, der Herrschaft ab. Das ändert alles, zwischen ihm und mir; »Repräsentationsverlust ist Autoritätsgewinn«; der Mensch in ihm tritt hervor, und der König stirbt. Großer Shakespeare! So oder ähnlich lese ich die Staatsgeschichte, den Langen Lehrgang, der jetzt beginnt.

aber indem sich die Verhältnisse bewegen, wird das Nicht – Sondern plötzlich akut, es verlangt schärfere Fassung, es verlangt Entscheidung. Wie soll es sein?

(das Realismus-Problem
die Kunst in der unheilen Welt)

die *Buddenbrooks* der breite Brei des sattesten Realismus – vor dessen Opulenz der Buchhalter der bürgerlichen Firma nur Hungerkünstler werden konnte:

Kafka retiriert in die Darstellung seines »traumhaften inneren Lebens«, der Sinn dafür habe, sagt er »alles andere ins Nebensächliche gerückt und es in einer schrecklichen Weise verkümmert«

– das Stoffliche reduziert, gereinigt von dem, was es dem Augenschein determiniert, vom lokalen oder zeitlichen Zusammenhang
– und das Übrige in eine fremde Umwelt getan und so zur doppelten Abstraktion gesteigert

: die äußerste Verfremdung des autobiografischen Materials,
das persönliche Erleben der konkreten Bedingtheit entkleidet,
dadurch wird es unbegreiflich, rätselhaft, ungeheuerlich

die bedingte Konkretheit der Imagination aber macht auf den sozialen Mechanismus aufmerksam, das ungelöste gesellschaftliche Rätsel

»Der ›stofflichen‹ Nichtigkeit ... steht der eigentliche Kafkasche Gehalt gegenüber, das Lebensgefühl von Angst und Bedrohung« (Hermsdorf) und, durchaus, die Lust am »Kampf« gegen das »lächerliche Gewirre«

der Instanzen, gegen den »Mißbrauch der Macht« (alles Begriffe aus Kafkas Roman *Das Schloß)* und die eingeflößte elende Ehrfurcht vor ihr

(vgl. die Schillersche »Idealisierung«
wo die stoffliche Großartigkeit ein heroisches Gefühl bedient, durchaus mit selber Kampflust
– das sind Kontrastprogramme vom selben Sender, dem isolierten Individuum)

Kafka »eine wirklich ernste Erscheinung« (Brecht)
seine Aktualität

die Entwirklichung, sagt Hermsdorf, verdunkle den »gesellschaftskritischen Ansatz« – um so mehr sind es Geschichten geheimen Widerstands, der »großen Arbeit« (sagt Kafka) der Befreiung. Man muß sie nur auf eine Zukunft hin begreifen. So daß sich ihre Wirkung umkehrt und aus dem dumpfen Entsetzen ein Durchblick wird

indem die Ängste und Bedrohungen zugenommen haben und ebenso die Lust, die Entschlossenheit, den Kampf zu suchen gegen die Macht von Menschen über Menschen und des Menschen über die Natur

E n t w i r k l i c h e n somit ein Mittel des Realismus, ein kühnes, einsames Verfahren,
es ist ein Sturz in die Tiefe der Verhältnisse, und wir wissen nicht, wie uns geschieht

es läßt sich aber ein Verfahren denken, das einen überlegten Abstieg in diese Tiefe vollzieht, so daß wir die Augen aufbehalten und die ganze Mächtigkeit der Formation wahrnehmen

ein archäologisches,
erkundendes Verfahren

die Deckgebirge des Scheins abtragend
Schicht für Schicht aufdeckend
immer tiefer grabend
in die Keller, in die Verliese unserer Existenz
mit einer Schreibstrategie, die sich bestimmter »Technik« bedient, erarbeiteter und neuer Mittel, die erlauben, in die Widersprüche zu steigen

über die Grenze unseres harmlosen Blickfelds
(habe ich Flucht gesagt?
eine Flucht in das Sperrgebiet, der verminten Wahrheit)

in die Schmerzzone der Erkenntnis, wo wir zerrissen werden, wie unsere Interessen zerrissen sind
im Automobil im sterbenden Wald

die eine Bewegung: hinab, hinab
die Erfahrung zu verwirklichen im Text,
in seiner Struktur, seiner Stringenz

bis ich etwas zu sehen glaube, den Grund
meines Verhängnisses, falsch zu leben und zu lieben

ins »Furchtzentrum« (Brecht, *Fatzer*-Material)
wo ich meinen Feind erkenne:
mich
der fortan nicht mehr so leben kann

das Furchtzentrum
= das Kraftzentrum

aus dem die Energie
zu gewinnen ist

mich selber freilegend unter dem Schutt,
denn es kann ja nur um meine eigene Rettung gehn

ich
vom Gelächter geschüttelt, uralt und ein Kind

und ich beginne einen *bodenlosen Satz*:

Diesen Satz finden Sie in SINN UND FORM, Heft 6/1989.

Als Zusammenfassung ein Text, den ich, in ruhiger Zeit, zu einem anderen Zweck aus diesen Notizen zog, zur Eröffnung des Gesprächs über »Kunstproduktion heute« während des Brecht-Dialogs im Februar 1988:

»Ich möchte, da wir von Kunstproduktion reden, ein Produkt an den Anfang setzen, in dem eine Methode des Produzierens beschrieben wird. (Vielleicht nimmt es auch eine Beschreibung unseres Gesprächs vorweg.)

Benjamin in den Pyrenäen

Ruhig schreiten in die Nebelwand.
Die Arme rudern eckig, aber gleichmäßig.
Exakt nach dem Papier über dem Abgrund.
In der Aktentasche Ekrasit, d. i.
Die Gegenwart

Schritt vor Schritt, wie der Zufall
Dem Fuße einen schmalen Stützpunkt bietet
Im Material. Gnädige Frau, Nichtgehn
Wäre das eigentliche Risiko.
Nach der Uhr / nach fünf Zeilen rastend.

Felder, auf denen nur der Wahnsinn wuchert.
Vordringen mit der Axt im Kopf
Ich habe nichts zu sagen. Nur zu zeigen.
Im kleinsten scharf umschnittenen Segment.
Ohne nach rechts und links zu sehen ins
Grauen

Nach der Methode werde ich es schaffen.
Der Weinberg rieselt, rutscht in die Senkrechte
Voll von fast reifen süßen dunklen Trauben.
Die Tasche ist das allerwichtigste! der Leib zwischen
  Rebstöcken
Schwer atmend, das Herz

Kämpft, der kritische Augenblick:
Wenn der Status quo zu dauern droht.
Skelette unter über mir Aasgeier.
Kürzere Schritte, längere Pausen.

Meine Geduld macht mich unüberwindlich.
Die Segel der Begriffe setzen. Gnädigste
Darf ich mich bedienen? Auf dem Gipfel
Plötzlich wie erwartet die Gewalt

Des Ausblicks. Tiefblaue Meere:
Auf einmal seh ich zwei. Zinnoberküsten.
Unter den Klippen Freiheit

...

Kein Durchlaß in Port Bou. Wir Apatriden
Haben aber die tödliche Dosis
Würden Sie die Tasche halten, bei uns.

Er dachte vermutlich, den Aufstieg nicht noch einmal zu

schaffen. Am Morgen fanden die Grenzbeamten den Leichnam in meinem Text. Die Konstruktion setzt Destruktion voraus. Die schwere Ledertasche, gerettet vor dem Zugriff der Gestapo, UNOS PAPELAS MAS DE CONTENIDO DESCONOCIDO, ging verloren. Zu rasch der Schlußstrich, Herr, in Ihr Leben. Das Leben trägt das Werk, wenn ich das sagen darf, an diesem Steilhang.
In jedem Werk gibt es die Stelle, an der es uns kühl anweht wie die kommende Frühe

Seit Benjamins Zeiten hat sich das Gelände und der Zweck der Reise freilich verändert. Und auch das Handgepäck hat unangenehmere Ausmaße. Aber die materialistische Methode der Bewegung im Material der Welt bleibt das notwendige Einmaleins. Also ein Satz wie: Produktion ist Konstruktion und Destruktion. Beides zusammen heißt: das Bauen aus den Widersprüchen. Darin liegt der grundsätzlich konstruktive Charakter der Kunst, im Gegensatz oft zur ideologischen Methode, insofern sie aus übereinstimmenden oder wenigstens zumutbaren Fakten baut. Die Ästhetik der Widersprüche aber – nicht des Widerspruchs, was eine bloße Protestliteratur, bloß moralische Literatur bedeuten würde. Dialektische Gestaltung benutzt den Widerspruch in der Sache, das Alte/Neue in derselben Person, in derselben Gesellschaft. Die Sache, das ist aber die wildere, zerklüftete Realität, die nicht erlaubt, zu einer ›Einheit‹ zu kommen, sondern immer das Ausgegrenzte mitdenken muß. Die Gegenwelten, die in unsere Welt ragen oder sich in ihr erheben. Die Fabel nicht mehr konstituiert durch lineare Abläufe, sondern durch verschiedene ›Instanzen‹ des Texts, die eine mehrfache Optik einbringen und einen Diskurs enthalten. Das, was bei Brecht als Experiment, als avantgardistische Position gelten konnte, erweist sich heute als der gewöhnliche Realismus der unheilen Welt, unserer industriellen und kolonialen Lebensform. Es ist nun aber nicht so, daß die Aktivposten der Ästhetik von einst jetzt eine glatte klare Rechnung machen – die Abrechnung mit dem ›alten Weltzustand‹ –, nein, jeder entschiedene Text wird zur Stellungnahme in einem Interessenstreit, im Streit der unterschiedlichen Wertsysteme. In einer Welt, in der nicht einmal mehr Brechts einzige Norm ›Du sollst produzieren‹ gilt. Die Kunstproduktion gewinnt die Dimension einer Weltauseinandersetzung über das Produzieren überhaupt. Was für eine Welt, der nur noch so zu begegnen ist! In der das Alte noch verdrängt und schon die ganze neue Frage akut ist. Die Kunst wird Form der Überlebensstrategie, der Überlebenskunst. Sie wird weniger ›listig‹, ›verführend‹, geduldig verfahren – sondern entschlossen zu einer Wende. ›Wenn es so weit gekommen ist, muß sich auch die Literatur etwas herausnehmen‹, sagt Christa Wolf. Und ein letzter Satz zuvor: es geht (wieder) nur über das praktikable Verhalten zu den gegenwärtigen Dingen; diese Haltung ist aber nicht nur aus der Angst vor den Katastrophen zu gewinnen sondern vornehmlich aus der Lust auf neue Produktivität, die der Treibsatz der Demokratie ist.«

Den Text zur Lage, den ich Ihnen nun vortragen wollte, habe ich letzten Freitag schon veröffentlicht, in der kleinen Hoffnung, die verwirrte Partei zu beeinflussen. Ich setze nur hinzu:

die frühen Sozialismen sind vielleicht gescheitert, die Aufbrüche versandet, die Utopien aufgebraucht für ein paar milde Jahrhunderte. ABER, IHR TRÄUMER, GLAUBT IHR WIRKLICH, DER ZERFALL DES HISTORISCHEN KOMMUNISMUS HABE DEM BEDÜRFNIS NACH GERECHTIGKEIT EIN ENDE GESETZT?

ERÖFFNUNG DES AUSSERORDENTLICHEN SCHRIFTSTELLERKONGRESSES AM 1. MÄRZ 1990

Der Protestdemonstration am 4. November 1989 in Berlin wurde auf einem Spruchband der Satz eines deutschen Schriftstellers vorangetragen: *Die Staatsform muß ein durchsichtiges Gewand sein, das sich dicht an den Leib des Volkes schmiegt.* Die Zeit war da, auf die viele von uns, Lebende und Tote, hingearbeitet haben. Das Horizontbewußtsein der Literatur war kein bewußtloses Träumen gewesen, und es hatte sich wieder gezeigt: es gibt keine anderen Horizonte als revolutionäre. Aber haben sie sich uns auf Dauer aufgetan?

Wir versammeln uns hier als ein alter Verband, um uns zu einem neuen zu verbinden. Die ganze Belastung und Belehnung dieser Zusammenkunft ist damit genannt.

Es ist eine ernste Zeit des eben Möglichwerdens und gerade Vertuns. Die Gestalt der Gesellschaft, die in der Menge aufschien, zerfließt im ungewissen Licht der Fabriken. Dem Augenblick ungemeiner Freude folgte die gemeine Scham, und der erlebten Souveränität der Kundgebungen die erlebte Demütigung des Begrüßungsgelds. Das war nicht die »Abschlagszahlung« der Geschichte (Engels). Doch die eigenen armen Entwürfe gelten jetzt nichts; es waren Entwürfe des Widerstands in weitem Raum und in langsamer Zeit, jetzt ist die Zeit rasch wie unser Atemzug und der Raum unfaßbar eng wie das Vaterland. Revolution oder Restauration – es ist nicht zu ermessen. Das *Gewand* wird nach dem goldenen Schnittmusterbogen gearbeitet, und man wird sich in der Eile ohne Anprobe einkleiden: paßt. Wie werden wir dastehn – im Narrenkleid oder im Kleid der Demokratie? Die notwendige Formierung neuer Kräfte hat der nachdenkenden Debatte über die Ansprüche der Produzenten nicht tapfer gedient; nicht anders geschah es im Schriftstellerverband.

Als wir beschlossen, den Kongreß vorzuverlegen, dachten

wir ihn als theoretischen Beitrag zur Erneuerung im Land, so wie der X. Kongreß im November 1987, in Anwesenheit mächtiger Statisten, in unverfrorenen Wortmeldungen die politische und ökologische Wende forderte. Es ist aber ein solcher Beitrag jetzt nirgends anders zu geben als durch Bruch mit der eigenen Daseinsweise. Leistungen und Verfehlungen des Schriftstellerverbands sind eine unteilbare Geschichte, die herkommt aus den Strukturen und Gewohnheiten der Unterdrückung und der Solidarität. Der einzelne Autor hat damit nur bedingt zu tun, als eine eigene Instanz. Der ideologischen Bevormundung zu widerstehen war eine Frage des Humors, auf die Restriktionen mußte man schon trainiert sein, aber gegen die Selbstherrlichkeit der Macht gab es nur den Kampf im Untergrund: im Text. Die Texte weisen die Niederlagen und Siege aus. Die Geschichte des Verbands steht auf einem anderen Blatt, das jetzt zu entziffern ist, und die geheimnisvollste Schrift war das Statut, das die Depravierung durch ein Kommando festschrieb, Hineinregieren der Partei. Übrigens werden wir nichts erkennen in der Wut, die ja oft, wie Pfarrer Schorlemmer sagt, die Wut darüber ist, daß man es mitgemacht hat. Die Denunziation der eigenen Lebenszeit ist die plumpe Technik, sich von der Mitverantwortung zu entlasten... Wir sollten diesen Zusammenhang nicht übermalen, das soll deutlich bleiben, wenn wir an eine andere Satzung denken, die mit neuen Zwängen zu rechnen hat, dem Hineinregieren des Kapitals. Die Demokratisierung, die wir unternehmen, bedeutet Verantwortlichwerden für die berufsständischen Interessen, und zwar in auf neue Weise unfreien, harten, glücklichen Bedingungen, in denen sich der Verband, selbst in gewerkschaftlichem Harnisch, nur als Autorität behaupten kann. Man erwirbt sie nicht durch wechselseitige Ausgrenzung, sondern durch einen großmütigen, selbstbewußten Konsens.

Jetzt darf ich, jetzt will ich mir die Freude machen, Sie herzlich zu begrüßen alle, und vor allem die »weit vom Herzen mir« verstreuten Freunde, die vermißten, uns schmerzlich zugehörigen Kollegen. Mit dem Grundsatz, der doch auch noch zu lesen ist: daß wir teilnehmen aneinander, einander weiterdenken »in geprüfter, tapferer, ernsthafter Heiterkeit«.

Eine Formel Ernst Blochs vom Kongreß im Januar 1956, auf dem auch Becher, Seghers, Zweig, Wedding, Maurer, Brecht, Strittmatter, Heym, Uhse, Renn, Hermlin sprachen. Freunde und Gefährtinnen, was war die DDR-Literatur? Sie war nicht der Geist geistloser Zustände. Freilich, der Marxismus in Spießerhand, der Sozialismus in der Sphäre des allgemeinen Verdachts. Aber ich erinnere an eine Äußerung Stephan Hermlins auf dem 1. deutschen Schriftstellerkongreß 1947 – heute, an die hiergebliebenen wie die weggegangenen Autoren gewandt: die wirkliche Freiheit des Dichters könne nur die verantwortungsbewußte freiwillige Wahl seiner schwierigsten Möglichkeiten sein. Jeder muß sich fragen, wie er sie getroffen und ob er sie verfehlt hat. In den alt-neuen Widersprüchen der begonnenen und verramschten Revolutionen, auf diesem Feld der Hoffnungen und Täuschungen, der sogenannten Gegenwart. Die Literatur hat, in ihren besten Teilen, davon Bericht gegeben mit energischer Klarheit und Tiefe. Sie hat, wie Brecht empfahl, neue Kunstmittel geschaffen und die alten umgebaut, sie hat experimentiert, und vor allem war sie kämpferisch. Dies Wasser gräbt keiner ab, die mächtige Einmischung in den Strom der Literaturen. Doch das mächtige Bächlein wird seinen Lauf jetzt ändern. Die zwei nahen deutschen Flußarme werden sich vereinigen, irgendvorn in der problematischen Landschaft. Es sind beides reiche und eigenwillige Strömungen, und die DDR-Literatur wird ihre Eigenart einbringen, vielleicht behaupten, eben weil sie etwas Besonderes war. Weil Literatur in diesem Land etwas Besonderes war. Das ist nicht unser Verdienst: sie war das besonders Gebrauchte, das schon auf menschliche Lösungen sann, für die es hier keinen Ersatz gab. Von diesem Ursprung reißen wir uns nicht los. Wer will uns hindern, kann uns abnehmen, der Kritiker auch der neuen Halbheiten und Illusionen zu sein und die Vernunft zu ermutigen, in der Dimension der Welt zu denken. Die künftige Gesellschaft, in die wir uns begeben, dieses umstrittene Gebiet, das die Parteien rabiat besetzen, hat an den Bedingungen und Wirkungen der Kultur einen Antrieb. Er ist universell wie die Lust und die Not. Das Unersetzliche wird unser Thema bleiben, und es mischt uns mit der Literatur der Welt.

Liebe Kollegen, Sie sind nicht delegiert, der Kongreß ist allen Mitgliedern offen, auch allen ausgeschiedenen oder einst ausgeschlossenen, unabhängig vom jetzigen Wohnort. Es wird kein Referat geben, Hermann Kant ist als Präsident zurückgetreten; er hat das Amt in schwierigen Jahren innegehabt, und ich will ihm meine Achtung nicht versagen. Der Kongreß hat kein Motto: und auch sonst nichts ist vorgeschrieben. Keine Rednerliste, keine Wahlkandidaten, nicht einmal die Tagesordnung ist bestätigt. Höhere Gewalt hat nur in einer schwer abweisbaren Form eingegriffen: in Gestalt des Sturms, der die Kongreßhalle beschädigte. Es wird auch kein Präsidium geben: auf den erhöhten Plätzen der Kongreßhalle sollte die so lange erniedrigte Presse sitzen. Die Tagungsleitung wird aus den eben in den Bezirken gewählten Vorsitzenden bestehen, und das ist die einzige Festlegung; jede andere Modalität ist jetzt in offener Abstimmung zu beschließen.

Ich eröffne den wirklich außerordentlichen Schriftstellerkongreß.

SYMBOLE FÜR DAS NEUE DEUTSCHLAND

Wie sollte das künftige Deutschland heißen (Bundesrepublik Deutschland, Republik Deutschland, Vereintes Deutschland etc.)?

Was sollte die Nationalhymne des vereinigten Deutschland sein (das Deutschlandlied, die Hymne der DDR oder etwas anderes)?

Welches sollte der Nationalfeiertag werden (23. Mai, 17. Juni, 9. November etc.)?

1. Republik Deutschland, also Deutschland. Damit es als ein demokratischer Bund deutscher Länder entstehe, ist eine Volksdiskussion über eine solidarischere Verfassung erfordert. (Ein Entwurf, des Runden Tisches, liegt vor; nur ein Parlament der rohen beschränkten Demokratie konnte ihn von der Tagesordnung fegen.) – Den Namen *Bundesrepublik* zu prolongieren, ist mir ein unerträglicher Gedanke: der den *Anschluß* festschreibt. Ich hoffe hingegen, man könnte sich auch uns anschließen.
2. Die Frage haben wir erörtert, solange wir von einem anderen Deutschland träumten. Es gibt einen glücklichen Vorschlag, der alte und neue Zeit sowohl als unsere öst- und westliche Gegend zusammenführt: die in der BRD bewahrte alte haydnsche Melodie und der in der DDR abgewiesene neue Text von Brecht, den er dann zornig *Kinderhymne* nannte. Dies wäre ein fröhlicher, ernster, versöhnender Gesang.
3. Wir sollten vorläufig die Staatsfeiertage der Nachbarvölker mitbegehen. – Im übrigen, ein nationaler Tag kann heute nur ein Tag der Verständigung sein. Es verbieten sich die Daten aus dem Kalten Krieg: wie der vereinnahmte 17. Juni. Der 9. November bleibt ein akutes Datum, abgründigen Erinnerns, das unser geschichtliches Bewußt-

sein anmahnt. Ein Feiertag aber muß erst errungen werden, von glücklicheren Bürgern einer Demokratie von Grund auf und über die Grenze hinaus.

3. OKTOBER 1990

Deutschland ist eins, und dies Unglaubliche wird durch den Umstand bewährt, daß Mark und Groschen im ganzen Gebiet gelten und mein Reisekoffer durch alle deutschen Länder ungeöffnet passieren kann. Sie wird uns zuteil, die erträumte Einheit, die zusammengenagelte, erpreßte Einheit, die Einheit der Uneinigen, Ungleichen, der Zerrissenen, die *deutsche Einheit*; rasch und roh, wie wir es uns nicht träumen ließen. Wir können sagen, wir sind dabeigewesen, aber von hier und heute geht noch keine Epoche aus. Wir in den Lumpen der Ideologie, wir mit den Mienen der Dulder ... Es nannte sich das Eine Demokratie, das Andere Diktatur: und was an diesen ehrlichen Namen Wahres war, sehen wir an unserm Verhalten. Dem okkupanten-, dem kapitulantenhaften Verhalten. Das ist die Wahrheit, DIE WAHRHEIT, WELCHE AUF BEIDEN DEN SEITEN WOHNET. Wir müssen uns wohl fragen, was wir in unseren Koffern schleppen von Landschaft zu Landschaft. Die Werbung hat Erfolg, die schöne gute Ware wird an den Mann / die Frau gebracht. Die Utopien sind eingerollt, die Pastoren blasen die Demonstrationen ab, EDEKA verlangt den Selbstreinigungsprozeß, die erniedrigten Vorkämpfer werden die stolzen Nachnutzer, ACH! DER MENGE GEFÄLLT, WAS AUF DEN MARKTPLATZ TAUGT. Der Klügere gibt nach, macht er den Dummen. Wir müssen ohnehin zurück bis in die Startlöcher, warum nicht gleich bis auf die freie Wildbahn des Kapitalismus, wo die Freiheit am Punching-Ball trainiert wird. Und der erhabene Bundesbürger sieht sich plötzlich geprüft auf Herz und Manieren. Er sieht sich seiner unsicheren Kondition überführt. Ist das eine seriöse Offerte: dieser FADE, UNGELIEBTE, PRAKTISCHE STAAT, ein Angebot unter Brüdern? Wir werden unsere Differenzen zu hüten haben, den Reichtum der Unterschiede, gegen die besoffene Macht, die die Widersprüche plattwalzt. So einzeln, wie wir jetzt stehen, sind wir berechtigt zu eigner Bewegung. Wir werden arbeiten wie die Türken, aber unsere arbeitslosen Seelen werden sich der Zukunft erinnern, einer alten gemeinsamen Sache, die keinen Namen mehr hat. Mein Luftkoffer, mein politisches Gepäck enthält Erinnerungen und Erwartungen, unkontrolliert und subversiv, schwer zu tragen, aber die Schritte treibend.

JETZT WIRD DER SCHWÄCHERE PLATTGEMACHT

(Gespräch in Berlin am 14. Februar 1991)

CHRISTOPH FUNKE Am Golf ist Krieg. Darf er geführt werden, weil Saddam, wie Enzensberger im »Spiegel« schreibt, mit Hitler gleichzusetzen ist?

VOLKER BRAUN Das ist eine Vereinfachung, die dem tödlichen Kurzschluß der Politik beipflichtet. Saddam und sein »todessüchtiges« Volk, so ausgeschnitten aus dem ganzen Hintergrund, kann unschädlich gemacht werden (mittels einer Strafexpedition), die Erledigung eines Weltproblems durch Vernichtung eines Monsters, eines »Feindes des Menschengeschlechts«. Die Monstrosität des großen Interessenkonflikts am Golf wird da unterschlagen, die unbeendete Kolonialgeschichte, irakischer Provinzimperialismus und amerikanischer Hegemonialrausch, bemäntelt als Dshihad oder mit UNO-Mandat. Der enge Blick nimmt nicht den Zusammenhang wahr, in dem allein eine Lösung denkbar wird, die solidarische Beziehung der Welten.

FUNKE Hat dieser Krieg nicht wiederum die Ohnmacht von Friedensbemühungen, auch denen der Kunst, bestätigt?

BRAUN Zunächst: es ist ja nicht die Frage, wie wir den Krieg verhindern, sondern was wir für den Krieg tun. Bundespräsident von Weizsäcker sagte, die Koalition gegen Saddam entstamme dem Denken der Vergangenheit, wir brauchten sie jetzt, aber in die Zukunft rage sie nicht. Wenn es aber zu dieser altertümlichen Politik kommt, so weil das neue Denken, das eben die Grenzen öffnete, eine Niederlage erlitten hat. Nach der europäischen Flurbereinigung wurde die Sowjetunion erpreßbar. Daran tragen wir Deutschen eine Hauptschuld, die wir eine Regierung wählten, die die weltgestaltenden Chancen der deutschen Vereinigung nicht einmal zu denken vermochte. Das Verlassen der gemeingefährlichen Doktrinen, die 1984 das Teufelszeug, wie Honecker es nannte, auf deutschen Boden brachten, wäre die würdige Haltung in der uns günstigen Stunde gewesen. Deutschland ein Flugzeugträger für Weltkriege – oder ein Verhandlungsraum für Weltfrieden. Wer im Geist Vasall bleibt, läßt sich von ein paar englischen und französischen Zeitungen, nicht den besten übrigens, zur Räson bringen und beeilt sich, den atlantischen Kreuzzug mitzufinanzieren. Vom Polizeistandpunkt gibt es nur das archaische, das militärische Vorgehen, das die Welt ordnen will und gerade dadurch die Aufladung des Nord-Süd-Konflikts bewirkt, die vermutlich Europa zum Frontgebiet der Zukunft macht. – Daß keine Vernunft in der Sache ist, bestätigt nicht ihre Ohnmacht, sondern ihre Abwesenheit.

FUNKE Die Kulturen zweier deutscher Staaten, die zwischen 1945 und 1990 bestanden haben, sollen zusammenwachsen. Gibt es Unterschiede, die bewahrt werden müssen?

BRAUN Das ist eine esoterische Frage. Was erleben wir denn? Den Einmarsch des Kapitalismus in eine herrenlose Gegend, die massenhafte Kollaboration mit dem Freund, der verblüfft sogleich sein wahres Gesicht zeigt. Er räumt unseren Laden aus und installiert sein bürgerliches Geschäft. Wir haben es gleich komplett und mit vollem Sortiment: Kurzarbeit, Arbeitslosigkeit, das Plattwalzen des Schwächeren, Betriebe und Institute, das Bauernlegen, die parlamentarische Demagogie und, wie dazugehörig, den Krieg. Jetzt stehen wir mitten im Stoff diese anderen Lebens. Ein herrliches, wildes, brutales Leben, wenn wir nur erst den Humor dazu haben und die wichtigste Tugend lernen, zu verdrängen, was es uns kostet und die Welt. »Kopflose Eile« sagte Grass zum deutschen Zusammenlauf – und aber das Schneckentempo unseres Witzes; wir hätten die Wahlplakate hängen lassen sollen an den Wänden, sie klängen jetzt schon wie Aufruhr und Widerstand.

FUNKE Sie meinen also –

BRAUN Was Wort W i d e r s t a n d in einer halben Springerzeitung –

FUNKE Sie meinen, man hätte die Unterschiede –

BRAUN Widerstand gegen den Krieg.

FUNKE Man hätte die Unterschiede produktiv machen sollen?

BRAUN Man hat es nicht ausgehalten, die gleichartigen Institutionen zu vereinen, d. h. einander entgegenzusetzen, damit sie sich gründlich kritisieren und herausfordern in der Arbeit. So hätte man den ideologischen und materiellen Nepp beider Systeme aufgewirbelt. Aber nichts da, die eine Struktur schiebt sich über die andere wie Lava. Die CDU salviert den Leninismus: »der alte Staatsapparat muß zerschlagen werden«, und die kulturelle Einrichtung mit; und das andere Denken auszulöschen, dafür gibt es Redaktionsberater und Gründungsrektoren. Ich sage nicht, daß es nicht mit Recht zugrunde geht: aber das Elend ist, daß das Bleibende so ganz ins Recht gesetzt ist. Schnitzler geht, und Rühe kommt. Das Armutszeugnis des historischen Herbstsemesters. Das Ergebnis zu korrigieren, bleiben uns nun so unpraktische Dinge wie Demonstrationen oder die Literatur.

FUNKE Haben Sie Hoffnung auf eine solche Korrektur?

BRAUN Das Dringendste ist, den Krieg zu korrigieren …

FUNKE Ja. Bleiben wir beim innerdeutschen Frieden.

BRAUN Dieser aggressiven, verrückten Situation, die voller Möglichkeiten ist. Als Produzent, gleich in welchem Gewerk – und auch als Arbeitsloser, sage ich zynisch –, schaut man ja nicht so auf das, was man ohnehin hat oder kann. Man interessiert sich für andere Verfahren, Techniken, Vorstellungen. Darum ist dies auch ein fantastischer Moment, weil so viele Berührungen, Begegnungen geschehn. Ob diese Berührung produktiv wird, hängt davon ab, ob sie als Demütigung erlebt wird oder Lust macht, sich ganz zu öffnen, sich auseinanderzusetzen mit dem, was uns heraus-

stört. Die administrative Verwerfung der DDR schafft Brüche im dubiosen Deckgebirge, aber es bleibt das eigentümliche Gemenge. Es gibt eine Substanz, die fortarbeitet – und in der die Stärke dessen, was hier möglich war, sich beweisen wird, an Kunstleistung, aber auch an Verhalten, an gesellschaftlichen Ansprüchen, Mündigkeit; die Montagsmärsche waren nur die auffälligste Landeskunde. Also die Herausforderung für unsere gemeinsame Gesellschaft ist vorprogrammiert. Da wir offensichtlich aus einer Krise in diesen anderen Raum gestoßen werden, mag es auch dem bürgerlichen Denken möglich sein einzugestehen, daß es jetzt selbst in die Krise kommt, die, weil es das herrschende Denken ist, die notwendige und bedeutsame Krise der menschlichen Rasse wird.

FUNKE Was ist der Ausdruck dieser Krise?

BRAUN Wie gesagt: der Krieg ... der alles zusammenfaßt, was wir nicht denken wollen, all unsere problemtischen Tätigkeiten. Wir hier sind noch erschöpft vom Erkennen der Infamien unseres Systems, an dem wir uns abarbeiteten. Aber die andere, so annehmliche Ordnung war für uns nicht die Alternative, der man sich mir nichts dir nichts übergeben hätte. Das war ja das Problem, und das bleibt es. Aber es ist vielleicht das Beste an der bürgerlichen Gesellschaft, daß sie in sich selbst eine Fülle von alternativen Lebensversuchen produziert, etwas, das bei uns so fehlte. Wenn schon in der abgeschlossenen DDR nichts aus sich heraus erklärt werden konnte – und Bleiben hieß: die Distanz zu formulieren –, so sehen wir uns in der offenen Landschaft um so mehr in einen ungeheuren Zusammenhang geraten von Arbeit und Krieg, Profit und Bewußtsein, Macht und Hunger, und die Anstrengung der Vernunft ist gefordert wie nie. Welche Täuschung, es würde eine friedliche, einfachere Welt. Es wird unsere Welt –

FUNKE Ja, unsere Welt.

BRAUN Falls wir uns nicht täuschen. Sie haben eine Zeitung,

wie heißt sie noch? Der Morgen. Ein Vorschlag also. Die deutsche Regierung sollte, ein ernstes Beispiel gebend, und sie ist im Krieg, sofort zurücktreten.

DENKMAL FÜR EINEN PILOTEN

Eine Million erwachsener Männer, eingekleidete Exemplare der menschlichen Rasse, erwarten im Sand der arabischen Wüsten die tägliche Weisung. Sie liegen auf beiden Seiten einer sog. Front, einberufen, abkommandiert und eingegraben. Gleichermaßen gewohnt, Befehlen zu folgen, Gehorsam zu üben, ungefragt zu funktionieren und scheinbar automatisch zu töten. Der gleichlautende Auftrag, ehrlich gesagt: zu zerschlagen, *unschädlich zu machen*, was jenseits der Frontlinie hockt, den sog. Feind. Wir Übrigen, Ungezählten, beinahe die Menschheit, stehn in den Fabriken, in den Labors, glücklich beschäftigt, und spuren für den Lohn, fähig zu jeder Arbeit, die angeboten wird, an immer rasenderen Maschinen, in abgefeimteren Industrien. Mit immer gierigerem Griff in das Erdreich und in den Himmel, die sog. Ressourcen, Ölfelder und Regenwälder. Bedenkenloser, jedenfalls gewaltsamer Zugriff; ohne uns, ohne die Völker zu schonen an ihren angestammten Rastplätzen, die wir aufstören mit unseren Panzern. Der Krieg nur die letzte Konsequenz unserer unge-heuren Tätigkeit, die ihre Logik hat, ihr verrücktes Recht, ihr zwangsläufiges Finish. Die Spur wird nicht in Äonen untergehn.

Aber einer, ein namenloser Soldat, russischer Pilot der Road Air, beauftragt, Raketenrampen in das Krisengebiet zu fliegen, verweigert den Dienst, auf der eisstarrenden Piste eines deutschen Flughafens verriegelt er seine Antonow; einer von uns und nicht von uns, und gibt einer menschlichen Regung nach, mitten im Krieg, mitten in der Arbeit, die uns bleibt, den Arbeitern aller Länder.

DIE LEUTE VON HOYWOY (2)

Dreißig Jahre nach den kleinen Erdarbeiten im mitteldeutschen Loch, die mich die Jugend gekostet hatten, sah ich auf dem Bildschirm jene einst berühmte Stadt, in der wir gehaust hatten, in einer entsetzlichen Verwirrung. Ganze Haufen ihrer Bewohner waren in aufgeregter Bewegung auf ein großes Gebäude zu, und sie schleuderten ihre Arme – nicht wie einst an den Schaufeln, im Schlamm –: mit Drohgebärden, und um Steine und Brandflaschen in die Fenster zu werfen. Die Werkzeuge, mit denen wir gearbeitet hatten, schleppten sie als Waffen, und die Worte waren ganz unverständlich geworden. NIGGERSCHWEINE, VERPISST EUCH. WIR BRINGEN EUCH UM. Ich versuchte, auf den Film starrend, die Gesichter zu entziffern – trugen sie noch die Züge der Bauarbeiter, ich gehörte zu ihnen, lange ists her, die sich bewegt hatten von Bauplatz zu Bauplatz, für Geld und gute Losungen in die FROHE ZUKUNFT. Ich sah haßkalte Fressen von Jünglingen, und die satten Gesichter Erwachsener, die aus ihren Wagenburgen Beifall grinsten.

Was für eine Rasse, fragte ich mich, hatte sich hier eingenistet, in den banalen Neubauten, auf den rohen Maschinen. Was hatte sich ausgebildet in dem faulen Frieden, in der Langeweile des Staats. In dem Schreberland zwischen Losung und Leben. Sie waren seßhaft geworden. Sie waren nicht weitergereist in die Zukunft, nicht in die Welt. Sie hatten sich eingerichtet in ihrem billigen *Eigentum*. Sie sprachen keine Sprache, außer der eigenen. Sie kannten nicht der Erde vielfarbene Menschheit. Unwissend und argwöhnisch betrachteten sie die Fremden, denen die Stadt Obdach bot; ahnungslos böse, toll vor Verachtung. Und sie ruhten nicht und ließen randalieren, bis das Pack auf Transport ging.

Aber ich hatte sie eben noch, an diesem gespenstischen Gerät, gesehen mit ratlosen, schamlosen, zerflossenen Mienen.

Geduckt in Korridoren, in Sessel geworfen. Verzweifelt schwafelnd oder schweigend. Es war ihnen, den Erbauern von einst, den berühmten Leuten, etwas zugestoßen. Man war mit ihnen umgesprungen, wie kein Polier, kein Polizist es einst gewagt hatte. Es war etwas hereingebrochen, eine namenlose, eine Naturgewalt, die das Gelände entseelte und die Betriebe verödete. Die sie *enteignete* ihres unbestimmten Besitzes, ihrer Sicherheit. Zersiebt, zerstreut, entlassen; außer Kraft gesetzt ihr Leben. Wer waren sie nun. Ihre Blicke, ihre Rechnungen sagten: verächtliche Wesen. Das hatte man mit ihnen gemacht. – Und nun zeigten sie ihre Kraft, den Schwächeren, und erwiderten die Gewalt, die sie erfuhren auf einen Schlag. Sie konnten, sie mußten wünschen, nicht die Letzten zu sein im Staat, nicht die Allerletzten. Nun schlugen sie zu.

Was für Elendsgestalten, dachte ich. Ein unterentwickeltes Land! Eine Dürrezone des Mitgefühls! Ein Katastrophengebiet! Sie waren selber Fremde, im Ausland hier, auf der Flucht. Wohin wollten sie, wohin geraten? Ich stellte den Kasten ab, um Stillschweigen zu bewahren oder sie zu verbergen in der Dunkelheit. Aber sie waren jetzt im Raum. Glück auf, sagten sie. Antworte uns, GLÜCK AUF. WEM GEHÖRT DIE WELT. Glück auf, Kollegen. – Ich gehörte noch zu ihnen.

DIE FREMDEN

Ihre Ankunft war uns seit einer Ewigkeit signalisiert. Wir fieberten dem Ereignis ein wenig entgegen. Wir haben nicht, wie andere Gemeinden, Widerstand geleistet, nicht bis zur Erbitterung, weil wir aufgeklärter sind als die ganze Provinz und einfach besser verwaltet. Die Fremden sind ein allgemeines Problem, man muß besondere Lösungen finden. Unser Ort selbst ist eigentlich wenig geeignet, vierhundert Seelen mit Bahnanschluß; weshalb uns aber die Welt erreicht. Wir nehmen das Häuflein entgegen, sie sind hier aufgehoben; sie blikken tapfer drein, neugierig, kann man sagen, erleichterte, übermütige Rufe. Sie sehen naturgemäß abenteuernd aus, abgeschabte Habe; sie folgen bereitwillig meiner Führung durch die Vorgärten. Sie kommen endlich auf den Pfad im Wald. Hier werden sie stille. Sie mustern die grünen Gehölze. Irgendall machen sie Rast, oder ist das ihre langsame Fortbewegung; und wir beruhigen sie, daß es bald geschafft sei. Das Quartier liegt nun wirklich abseits, eine Bleibe, wo sie ungestört, unbehelligt sind. Wir weisen sie in ihre Stuben, den Speiseraum, die Sanitäranlagen. Ein Paradies, wenn man es pfleglich behandelt und in Ordnung hält.

Wir bemerken aber, schon am nächsten Tag, eine unerklärliche Unruhe. Unstete, suchende Blicke. Die Fremden streichen um das Gebäude. Sie tauchen in die Schonung und preschen wie verzweifelt hervor. Es steht ihnen, wenn sie noch die Köpfe heben, Enttäuschung im Gesicht geschrieben. Was fehlt ihnen? – Der Krieg? Sie können ihn hier haben. – Ich selber kümmere mich um sie, das Essen ist schmackhaft, sie dürfen sich wohl befinden. Aber es hält sie nicht im Haus. Nicht daß wir Dankbarkeit erwarten; aber sie sind uns ein Rätsel. Sie stehen mit ihren Koffern auf der Treppe und halten Rat. *Was wollen sie?* (Sie wollen alles, was wir haben. Aber alles, was wir haben, brauchen sie nicht.) Es sind schon sehr andersdenkende Wesen. Ich bin nicht strenge, ich lasse jeden leben, aber man fragt sich doch, wie? Sie verlangen ihren Abtransport. – Was machen wir falsch, Herrschaften. Es ist nicht herauszubringen. Es fehlt ihnen nichts, das ich wüßte.

Nach einigen Tagen brechen sie aus; sie ziehen ab mit Sack und Pack und marschieren schweigend zum Bahnhof. Sie wenden, im Gehen, eine Weile den Kopf, wie um Verständnis bittend und doch Verachtung nicht verbergend; nicht eben bekümmert und wohl doch besorgt. Man sieht sie zuletzt an der Rampe stehn.

EIN FALL VON MONSTRÖSER BANALITÄT

1

Die Literatur hat, in unklaren Verhältnissen, »gleich« der Staatssicherheit, Ermittlungen zu führen, Erkundungen zu machen, sie muß das im Ausnahmefall, in Wallraffs Manier, im Geheimen tun und notfalls die Manuskripte in der Schublade verstecken (in meinem Fall war es eine Panzerkiste). Sie kann zu einer konspirativen Existenz gezwungen sein. »Gestorben für die öffentliche Ordnung, die Arbeit im Untergrund, im Gedicht« (*Definition*, 1975). Aber es gibt einen grundsätzlichen Unterschied: sie will öffentlich werden, sie verlangt nach Öffentlichkeit, sie will ja eine durchsichtige, zugängliche Welt. Es ist ihre Natur, gleichsam von Angesicht zu Angesicht zu reden. *Öffentlich arbeiten*, ein Buchtitel von Christoph Hein, das ist die Absage an alles Geheimdienstwesen.

2

Ich schrieb für Sascha Anderson einmal (auf Verdacht) eine Bürgschaft für den Schriftstellerverband der DDR. Sie bestand nur aus einem Satz: Sascha Anderson ist ein großer Dichter. Sie wurde zurückgewiesen, zu Unrecht. Wir hatten lange auf eine neue Generation von Dichtern gewartet, und ich wußte: wenn sie auftritt, dann anders als erwartet. Ihr gehörte unser kritischer Zuspruch, gerade weil sie uns Verfangene distanzierte und über unsern Streit mit der Macht bloß lachte. Übrigens waren ihre Texte nicht »unpolitisch«, in der experimentellen Matrix waren Reize und Anstöße in Fülle deponiert. Ihr Desinteresse am politischen Konflikt machte die Szene am Prenzlauer Berg aber unwillentlich für die Stasi interessant, sozusagen ansprechbar, sozusagen kompatibel. (Und bruchlos, vermerkt die BERLINER ZEITUNG eben anerkennend, finde sie jetzt, da die kritische Literatur wiederum verdammt scheint, Anschluß an den bürgerlichen Markt.) Biermann und Rathenow vermuten, der Prenzlauer Berg sei regelrecht von der Stasi aufgeschaufelt, um die kritische Literatur als verfehlt und veraltet zu desavouieren. Wie falsch und richtig ist das. Und schippte die Stasi das Feuilleton der FAZ?

3

Es gibt den andern Fall des Dichters Siegmar Faust. In härterer Bedrängnis als Anderson, nach Monaten U-Haft, in der Schreibverbot galt, wurde ihm nahegelegt, sich der Stasi nützlich zu machen, und er fragte mich um Rat. Ich sagte ihm, daß er dergleichen nie und unter keinen Umständen tun dürfe. Er blieb standhaft, wurde wieder eingesperrt und mißhandelt und war, wie sich versteht, für die Republik verloren, aber lange auch für die Literatur. – Es gibt immer Biografien, die divergieren wie die von Goethe und von Lenz. Es gibt besudelte Siege, und es gibt die reine Niederlage. Zusammen sind sie ein Gutteil der deutschen Literatur.

Als ich Faust 1975 in der Haft besuchen wollte, wurde ich zur Bezirksleitung der Partei bestellt, und Roland Bauer teilte mir mit, daß man mich »erschießen« müsse. Es hängt vom Selbstgefühl ab, wie man auf derartige Versprechungen reagiert. Ich dachte: Was habt ihr für Macht über mich. Aber das ist ein trügerisches Gefühl. Auch die Macht herausfordern bedeutet, sich mit ihr einzulassen; man konnte die Mechanismen kennen, und doch hat das herrschende Bewußtsein die Reflexe gebunden. Es hat sie aber auch geschärft.

4

Und es gibt, nebenbei gesagt, Scharfmacher unter den Opfern, die blindlings urteilen, von einem hohen aber blinden

Roß herab. Nach einem Schema: Weggehen war Widerstand, Hierbleiben Anpassung. Das gleicht dem »glänzenden Einfall der Stasi«, von dem Jürgen Fuchs spricht, oppositionelle Autoren gegeneinander auszuspielen. Es ist jedenfalls die letzte Zuarbeit für das Konzept. Sie würden auch den Verfasser von *Dantons Tod*, der unter den Augen des Militärs in der darmstadter Stube schrieb, einen Kollaborateur nennen. Sie sollten sich davor bewahren, aus den Opfern von gestern zu den Tätern von heute zu werden.

5

Der Fall »Anderson & der Prenzlauer Berg«, angeritzt durch eine Behauptung Biermanns, ist der Rand einer Wunde, aus deren Öffnungen jetzt der Eiter tritt. Der triumphierende, unflätige Ton Biermanns ließ uns ein paar Tage mit dem Angeschuldigten fühlen, seine Bekenntnisse dann zerfaserten die Anteilnahme bis zur Verachtung.

Wir sehn: Angst wie Angstlosigkeit konnten zum Leichtsinn mutieren, zur fahrlässigen, lässigen Kumpanei. Das ist ein gewöhnlicher Zusammenhang, ein Verhängnis: das nicht nur die Dienste von Autoren, das auch die Dienste der Literatur erklärt. Das vertrauliche Verhältnis zur Macht ist der Herd der Wunde, die unter einem neuen Verband weiterschwärt, und eine neue Macht leckt sie mit ihrem Anspruch.

Andersons Fall ist verworren. War Erpressung im Spiel, war es Spiel, war das Spiel ein Verbrechen? Und durfte der Erpreßte selbst dann nicht, als er das Spielfeld verließ, die Regeln verlernen? Sein Verhalten scheint monströs; es ist vielleicht von monströser Banalität. Saschas Freunde haben ein Recht, über ihn klarzusehn – das Blendlicht der Stasi löscht seine Züge. Er kann nicht heraustreten, ohne den Raum des Geheimnisses ganz zu verlassen, vielleicht mit anderen, bestimmt mit unseren Schatten, den Schatten der andersartigen Kumpaneien.

Als ich am Ende die weltweite Einheit der Menschheit verkündete, war der ganze Saal wie hysterisch; ich kann Dir die Begeisterungsschreie nicht wiedergeben, als ich geendet hatte; einander unbekannte Menschen aus der Zuhörerschaft weinten, schluchzten und umarmten einander und gelobten, in Zukunft bessere Menschen zu werden, sich nicht mehr zu hassen, sondern zu lieben... Ich suchte Zuflucht hinter der Bühne, aber alle stürzten aus dem Saal herein, zumeist Frauen. Sie küßten meine Hand und wollten nicht von mir weichen. Studenten stürmten herein. Einer fiel mir tränenüberströmt zu Füßen und verlor die Besinnung. Es war ein vollständiger, ein absolut vollständiger Sieg! Dostojewski an seine Frau, nachdem er soeben, am 8. Juni 1880, in der Versammlung der moskauer »Freunde russischer Dichtung« seine Rede über *Puschkin* gehalten hatte. *Aksakow* (der Führer der Slawophilen) *kam herein und erklärte, er werde nicht mehr sprechen, da alles gelöst sei durch die großen Worte unseres Genius – Dostojewski. Gelöst* waren für die anwesenden Damen und Herren, im Augenblick, alle Fragen: insonders die dringendste, ob man Russe bleiben oder Westler werden müsse. Alle Feindseligkeiten zwischen *den beiden Parteien* waren *überhaupt nur ein großes Mißverständnis gewesen*, jetzt ausgeräumt. Puschkin, der russischste und zugleich fremdgängerischste Autor, hatte den *prophetischen Hinweis* gegeben. Denn, wiederholte der Redner im Vorwort zur Rede – als er aber längst, er hatte es gewußt, *das »Lachen der kalten Menge« zu hören bekommen* hatte –, *unser ganzes Volk trägt diese Neigung, sich in den Geist anderer Völker zu versetzen, und somit die Neigung zur Allversöhnung, in seiner Seele*, so daß *unser Streben nach Europa, mit all seinen Übertreibungen und Ausartungen* (dies mußte noch wieder gesagt sein) *sich mit dem Trieb des Volksgeists vollkommen deckt und zweifellos auch etwas in sich birgt, das einen höheren Zweck verfolgt* – alles unbewiesene, zweifelhafte Aussagen, ein die Gegensätze ausreutender bauernschlauer Überredeschwall, eben der *absolut vollständige* Bodengewinn der Slawophilie. Der verfolgte Zweck heiligte den Mittelsmann Puschkin, den literarischen Befreier aus der Zerrissenheit, auf seinem neuen Denkmal in der Twerskaja – der Zweck, *wie ich sagte*, der ganzen Welt ein neues Wort zu sagen.

Ein alter eifriger Mann nahm hier den jüngeren, aber toten, förmlich bei den Schultern und rückte ihn zurecht auf dem Sockel. Er drehte ihn in die Position, in der seine Verdienste leuchteten. Er konnte ihn gelassen loben, denn was der Anfänger Puschkin vorskizziert hatte, Dostojewski hatte es in breiten Romanen ausgeführt. Die *bedeutungsvolle krankhafte Erscheinung in unserer Intelligenz, unserer vom Boden losgerissenen Gesellschaft, die sich hoch über dem Volk stehend dünkt*, den *Typ unseres negativen russischen Menschen*, der sich auf dem Schreibtisch Lermontows, Gogols, Turgenjews, Tolstois rasch fortpflanzte, dieses *unser Wesen*, Dostojewski hatte es bis in die letzten Nervenfasern erfaßt. Sein »grausames Talent« (der Kritiker Michailowski) hatte gewagt, *das bis zum Ende zu treiben, wobei all ihr andern nicht weiter als bis zur Hälfte gingt* – seine Selbsteinschätzung aus dem *Kellerloch*. Die zum Ende getriebene Beschreibung war Raskolnikow. Wie der Name sagt: der Abgespaltene, der Spalter; der petersburger Untermieter als Übermensch, der hellsichtige Finsterling, besessen von einer Idee und im Besitz einer Axt, Onegin im fortgeschrittenen Stadium der Krankheit: nicht mehr die Parodie sondern der Paroxysmus. Und auch die *russische Schönheit*, die Puschkin als erster *gesucht und gefunden* hat, ein pastellfarbner Entwurf gegen jene Sonja Marmeladowa: das pastose Gemälde des sittlichen Ideals, die schöne Seele auf dem Strich, die liebende Erlöserin im Lager.

Im Arbeitslager, versteht sich, wo der Mörder, im äußersten Sibirien, seine innere Wahrheit findet – und selbst diese Lösung (*unserer »verfluchten Frage«*) war in Puschkins Dichtung *beinahe vorgezeichnet.* Dostojewski mußte sie nur fest formulieren. BEUGE DICH, STOLZER MENSCH, UND BRICH DEINEN HOCHMUT. RABOTAI.

Der Verwandlung, Steigerung des literarischen Typs entsprach die Heraustreibung, Verwirklichung des Typs im Leben. Onegin → Raskolnikow, Raskolnikow → Trotzki. Das Leben leistet allemal, was sich die Literatur erlaubt; die Geschichte selbst arbeitete ihre krassen Figuren heraus. Der Bolschewik der Skitaletz des neuen Jahrhunderts: diese russischen Heimatlosen, Dostojewski sah es grimmig voraus, *werfen sich dem Sozialismus in die Arme... überzeugt, daß sie auf diesem ihrem fantastischen Arbeitsfeld das Glück nicht nur für sich, sondern für die ganze Welt erlangen werden.* Sie kommen aus dem großen kalten Hinterland der Verbannung, abgespalten vom Volk immerfort vom Volke schwafelnd, immerfort Romane redend, Lenin, Sinowjew, Radek: kaltblütig schwärmerisch entschlossen, sich mit Gewalt aus dem Text zu erheben. – Es sind aber die Romane Dostojewskis; der Wahnsinn der Weltmaßstäbe der Bolschewiki, fand Ehrenburg, schreibt sich von da her. Der von Lenin ausgewiesene Berdjajew nannte 1937 den Leninismus die Synthese aller russischen Bestrebungen; darum habe er triumphieren können. Der *Allmensch* aus dem 3. und letzten Rom zog in die 3. Internationale. – Die stolzen, auserwählten, die *außergewöhnlichen Menschen* (die AVANTGARDE...), keine *zitternden Kreaturen*, die PARTEI NEUEN TYPS, die *mehr als alle anderen wagt* – die elitäre Moral diktierte das Organisationsprinzip: auf was sonst könnte sie kommen als die Parteidiktatur? Der Kriegskommissar Trotzki das tragische Remake Raskolnikows auf dem Eis von Kronstadt, MAN MUSS SIE WIE DIE

REBHÜHNER ABSCHIESSEN, die Meuterei der Gleichheit erstickend mit dem Mandat der Macht, der ZUCHTMEISTER der militarisierten Arbeitsheere, schuldig und *auferweckt* als Demokrat, der VERRÄTER der Bürokraten, Unperson im real existierenden Sozialismus, das Trauma der Nomenklatura: ist er etwa nicht von dem »Städter Dostojewski« verfaßt, dem »Genie mit unheilbar verwundetem Herzen«, dem »wollüstigen«, schrieb Trotzki, »Dichter der Grausamkeit und des Mitleids«? Das läßt sich nicht entwirren. Die Axt, mit der Raskolnikow die Pfandleiherin erschlug, fand sich am 20. August 1940 sieben Zentimeter tief in Trotzkis Schädel.

Die Tat eines Verbrechers, dem keine Sühne auferlegt war. Die Geschichte keine moralische Veranstaltung, ihr Titel ist nicht *Schuld und Sühne*, wie die bemühten Bücher der Rasputins alle heißen. Sie steht das ganze Kapitel Stalin durch. Es war das glänzendste obenhin und dunkelste unten. Dostojewski hat im voraus den Firnis (des *neuen Glaubens*) abgekratzt und die Substanz der möglichen Epoche angezeigt. Das russische Volk, parodierte er *die Westler im allgemeinen*, ist passive Masse, die nicht vom Fleck kommt, Hemmschuh im Lehm. Man muß sie umschaffen: *wenn nicht organisch, was leider nicht möglich ist, so doch wenigstens mechanisch, d. h. indem man sie zwingt, ein für allemal zwingt, uns zu gehorchen*. Der Zwang: die bürgerliche Organisation; und tatsächlich empfiehlt Lenin später die Deutsche Post als Modell für den Staatsaufbau. Die Post mit sozialistischen Schalterbeamten der proletarische Idealstaat. *Wir wollen unser Volk allmählich bilden, regelrecht bilden, und unser Werk damit krönen, daß wir das Volk allmählich zu uns erheben und seine Nationalität in eine andere verwandeln* – in die deutsche, englische etc., zitierte Dostojewski den ungeborenen Lenin. Das Volk sei *an und für sich arm und gemein*, seine Geschichte *ein innerer*

Unsinn, aus dem Sie aber bisher weiß der Teufel was für Schlüsse gezogen haben, es muß seine Geschichte mit Abscheu vergessen, *restlos vergessen. Eine Geschichte haben – das dürfen nur wir, die Intelligenz, der das Volk einzig mit seiner Arbeit und Kraft zu dienen hat.* Das parodierte Bewußtsein der Berufsrevolutionäre (der wildesten Westler): in dem sie im Ernst handeln würden; ein böser, genialer Geschichtsentwurf, aber vollends ausgeführt von einem – Slawophilen. Vollends: *Sollte das Volk sich aber als unfähig zur Bildung erweisen, dann, ja dann muß man es beseitigen.* Die dostojewskische Satire verlangte nach einem Mann, der keinen Witz verstand. Das war Stalin. Der Postbeamte als Generalsekretär, Raskolnikows Axt die Mordmaschinerie. Sie vernichtete zunächst die Mitwisser (des geheimen dostojewskischen Plans). Dann füllten sich die sibirischen Lager mit der verbannten russischen Schönheit, bereit zu jeder Sühne, aber ohne Schuld.

Stalins Aufstieg der Coup des Mittelmaßes, nach dem die erschöpfte Geschichte schrie. Nicht mehr fähig zum übernächsten Schritt, durfte sie sich ihr Ziel nicht mehr buchstabieren. Der Hunger und die Gewalt die verbotenen Fraktionen; Stalin im Sekretariat verborgen, während die Fraktionen kämpften und sich aus dem Wagen stießen. Er blieb übrig und schöpfte den Rahm der Debatte ab, die verdickte, auf leeren Magen ungenießbare Theorie. Nicht die Niederhaltung der Kulaken: ihre Liquidierung als Klasse usw., der Terror die rasche Antwort der überfragten Elite oder was von ihr geblieben war. – Solange man diskutiert hatte, war es um eine Frage gegangen: Rußland ± Europa. Kann Rußland, von allen Völkern verlassen, den Sozialismus baun? Die Weltrevolution, oder DER SOZIALISMUS IN EINEM LAND. Die Antwort trennte die Parteiungen mit einem blutigen Messer. Indem *unser Streben nach Europa* die letzte verzweifelte Hoffnung war – die sich erledigt hatte. – Es war der alte Streit zwischen den »russischen Ausländern« und den wahren Russen, der, wie sich zeigte, nicht entschieden war; das *Mißverständnis* hatte mörderische Maße angenommen. Das Mißverständnis TROTZKISMUS, ausgeräumt durch die Erschießungskommandos. Es siegte, notgedrungen, der russische Hochmut, die russifizierten Republiken verzichteten auf das halbe bürgerliche Erbe, die Freiheiten, aber sie bauten die industrielle Maschine nach. Eins bedingte das andere, »die Kommandowirtschaft mit allen ihren ätzenden Begleiterscheinungen in Wirklichkeit der historische Preis, daß sie überhaupt eine Zeitlang in den Strukturen einer modernen Industriegesellschaft und in deren Bedürfnishorizont existieren konnten« (Robert Kurz, *Der Kollaps der Modernisierung*). Rußland überlebte, indem es von seinen Gliedern zehrte. Aber es schlug noch jedesmal den angreifenden Westen: die Entente und die faschistische Wehrmacht. Der Mörder Stalin der Befreier, der Verbrecher Staat das Vaterland. Dschingis-Khan auf dem Foto der Sieger in Potsdam, und halb Europa in die russische Jacke gesteckt.

Stalin fortgeschrieben von Dostojewski, zum romanhaften Ende gebracht, ist Gorbatschow. Sein Teil ist die Sühne für den Stalinismus, das letzte Kapitel der Sowjetunion. Der Genosse als Gentleman, das edle Extrem in der Zentrale, der Hauptreferent als philosophischer Aufklärer, Glasnost aus dem Apparat, die russische *Demut* als Staatsdoktrin. Dostojewskis Fantasie (*diese meine Fantasie, wie ich mich ausdrückte*, die er *nicht eingehender, nicht mit der notwendigen Ausführlichkeit habe erklären können* im Juni 1880), fortentwickelt zum Reformprogramm: daß *unser bettelarmes Land vielleicht zu guter letzt der ganzen Welt ein neues Wort sagen wird.* Das neue Wort das NEUE DENKEN; das Gorbatschow seinerseits in seiner berühmten *Rede*, am 27. Januar

1987 vor dem Zentralkomitee, nüchtern formulierte. WIR BRAUCHEN DIE DEMOKRATIE WIE DIE LUFT ZUM ATMEN. Es war, als wäre nach hundert Jahren *die russische Idee geboren*, die *die ganze Erde erwartet* hat *in Schmerz und Leiden.* WENN WIR DAS NICHT BEGREIFEN UND SELBST DANN, WENN WIR DAS BEGREIFEN, ABER KEINE REALEN BEDEUTENDEN SCHRITTE ZU IHRER ERWEITERUNG UND IHREM VORANBRINGEN UND ZUR UMFASSENDEN EINBEZIEHUNG DER WERKTÄTIGEN DES LANDES IN DEN PROZESS DER UMGESTALTUNG UNTERNEHMEN, SO WERDEN, GENOSSEN, UNSERE POLITIK UND DIE UMGESTALTUNG ERSTICKEN. DARIN BESTEHT UNSERE GRUNDIDEE. Der Staat ohne Macht, die Welt ohne Waffen. Der Reformer meinte, wie der Fantast, *im richtigen Moment* zu sprechen, da die *Krankheit zum Tode* die ganze Welt erfaßt hatte, der Rüstungswahn... die Pest der Ideologie; Rettung nur in der ERNEUERUNG, dem UMBAU der Staaten. Als er am Ende die weltweite Einheit der Menschheit verkündete, war man in allen Fernsehsendern wie hysterisch; ich kann Ihnen die Begeisterung nicht wiedergeben, einander unbekannte Kommentatoren weinten sozusagen, schluchzten und umarmten einander förmlich, und die Politiker gelobten, ihre Völker zu lieben, statt sie zu hassen. Es war ein vollständiger, ein absolut vollständiger Sieg! Und tatsächlich schien es, als sei *alles gelöst durch die großen Worte unseres Genius* – Michail Gorbatschow.

Aber es genügte nicht, daß sich der *stolze Mensch* demütigte, er selbst wurde gedemütigt nach Strich und Faden. Die Deputierten wieder angeleimt auf ihren reservierten Stühlen. Und der *Volksgeist*, in seiner Geistesschwäche, und hungernd, zeigte keinen *Trieb* zu derart abgehobenen Zwecken. Und das Ausland *verlor* nicht *die Besinnung*, es sah dem Erdrutsch zu, weiter seinen Beton bereitend. Europa, als die Mauer fiel, ist im Bunker verblieben. Es hat den Großmut Rußlands nicht erwidert. (Die DDR, der westlichste Osten, hatte den Großen Bruder hängenlassen. Sie hatte es satt, siegen zu lernen. Ich hörte Sindermann, in unserer moskauer Botschaft, den gleichen Stumpfsinn murmeln, auf den Dostojewski erwidert hatte; die Russen zäumten das Pferd vom Schwanz auf, die sich *doch »erst ökonomisch, wissenschaftlich... entwickeln müssen«*, ehe sie *daran denken könnten, »neue Worte« zu sagen*; ich flüsterte ihm was wie: daß man den Reifen erst zersprengen müsse, um Atem zu holen, damit ein Ruck durch die Verhältnisse geht. – Unsere überalterte Garde hat die Dimension der Perestroika nicht einmal denken können. Sie trug, mürrisch mauernd, eine Hauptschuld am Scheitern des Weltversuchs.) Während die amerikanische Idee, die auf eine NEUE ORDNUNG sinnt, wie jeder andere Polizist, sofort ihre Tanks in den Freiraum rollte, im Schutz der russischen Demut den Krieg von morgen probend. Die bestrafte Reform; und der Reformer ließ sich, vor laufender Kamera, sein Amt aus den Händen nehmen, von einer unbeschreiblichen Randfigur. Und schleicht aus dem zerfledderten Roman, der bürgerlich-proletarischen Prosa, zur Verbeugung aufs Theater: ein neuer Lear, der sein Reich zerstreute, er verfügt zuletzt über 20 Bewacher, eine Kleinrente und das Publikum im Hofbräuhaus. Er redet verrückt von einer »Wissenschaft, die uns noch unbekannt ist«: sein Vorrecht aufzugeben, »die man nur lernt, indem man sie betreibt«; der Politruk als Gottesnarr.

Jetzt werden in Moskau tausend Reden gehalten. Die MEETING-Demokratie. Was entsteht da für ein Gemenge, auf dem Roten Platz. SAPAD – ETO CHOROSCHO. / RUSSLAND WIRD AUFERSTEHN. Der theatralisierte Gedanke wieder – der Dostojewskis Rede den begeisternden Schwung verlieh. Was ist dahinter, ihr Hungernden. Die Kluft hat sich nicht geschlossen zwischen der *höheren Gesellschaft* und dem hochgelobten Volk. Aber der historische Wechsel auf der Poststation bringt Bewegung in die Erzählungen Belkins. Puschkins Postmeister löst den Natschalnik wieder ab: und der durchreisende Händler reißt seine Behausung zusammen für den Supermarkt und wird sein Töchterchen (wer kennt sie nicht? ach Dunja, Dunja!) entführen in den utopischen Kapitalismus. Ich garantiere nicht für den schlichten Realismus; auch treten Dostojewskis Terroristen dazwischen mit ihren *verfluchten Fragen* – die sittliche *Lösung* keine geschichtliche (Ralf Schröder), zumal jetzt jeder *alles wagen* darf; und unbekannte, unbeschriebene Wesen, einer Welthandlung, die rücksichtslos geöffnet wird. »Unsere Zeit steht vor einer Wende: weiterleben oder zugrundegehen. Die Welt hat sich ringsum kolossal und ungeheuerlich verändert. Dostojewski konnte bei all seiner Fantasie nicht ahnen, was das für Veränderungen sind«, schrieb Trifonow 1981. Aber in der Vielstimmigkeit, der polyphonen Struktur seiner Sicht liegt *schon ein großer Hinweis.* – Er starb, nach Blutstürzen, im Januar 1881. *Wir müssen versuchen, das Geheimnis ohne ihn zu erfassen.* – Unser Roman mit der Geschichte, »der rätselhaften Geliebten«, die weder gewaltsam noch durch Schwärmerei, noch knechtselig zu erobern ist ... unser ausgelesener Roman – helfen Sie mir, Schröder, den Gedanken zu finden – hat keine durchgehende Handlung, seine Seiten (seine Zeiten) fallen auseinander, so daß wir uns kaum wiederfinden; das ändert den Tonfall der Verfasser gründlich, das »andere Leben«, Trifonow, war anders als gedacht, damit müssen wir fertigwerden ... ah, »die Prosa ›braucht Gedanken und nochmals Gedanken‹, wie Puschkin sagte«, und nicht unbedingt einen Zusammenhang, mag er zerreißen ... und *an die Stelle der Dialektik das Leben treten* ... zerreißen wir ihn, »denn gerade dort – an den freien Stellen – entsteht noch ein weiteres Thema, ein weiterer Gedanke«; er lautet

IST DAS UNSER HIMMEL? IST DAS UNSRE HÖLLE?

Meine Damen und Herren.

Ja, ich habe, mit Brecht zu reden, Schiller weiß Gott seit je geliebt. Darum soll er hier im Raume sein.

Wo war er stehngeblieben? »... einige seiner letzten Worte sind gewesen: ›Ist das euer Himmel? ist das eure Hölle?‹ Es ist zweifelhaft, ob er dies in eigener Wahrheit, oder wie im Stück gesagt, doch hat er überaus heiter und verklärt dabei ausgesehen.« Caroline von Wolzogen am 8. Mai 1805.

Beim *Erhabenen* mithin. – Gemach. Kein Grinsen, große Menge. »Das Gefühl des Erhabenen ist ein gemischtes Gefühl. Es ist eine Zusammensetzung von Wehsein ... und Frohsein«, indem der »physische Mensch« seine Schranken empfindet und der »moralische« seine Kraft – diese zerreißende Erfahrung in der offnen Natur und der offenen Geschichte. Es ist jetzt der Moment solcher Erfahrung.

Denn wo war ich, und wo bin ich, Landsleute? *Ist das euer Himmel, ist das eure Hölle?* In dem Totenbett einer Gesellschaft, und nicht gewiß, ob ich in das Paradies einer anderen komme. Durch eben das »unendlich erhoben«, was uns »zu Boden drückt«: die »Freiheit in allen ihren moralischen Widersprüchen und physischen Übeln« ... »ein unendlich interessanteres Schauspiel als Wohlstand und Ordnung«, sagt Schiller kalt, also *heiter*.

Oder, frage ich, im selben Ton: durch eben das unendlich bedrückt, was uns vom Boden reißt – indem ich die Schranken nicht mehr empfinde, aber eine moralische Ohnmacht? Öffnung der Grenzen und Ausländerhaß, Warenangebot und Abwicklung, Medienfreiheit und Evaluierung ... um das *gemischte Gefühl* zu benennen. »Wer freilich die große Haushaltung der Natur«, fährt Schiller fort, »mit der dürftigen Fackel des Verstandes beleuchtet« – oder den Brandfackeln von Rostock, rufe ich –, »und immer nur darauf ausgeht, ihre kühne Unordnung« – ja, ihre Bürokratie! – »in Harmonie aufzulösen, der kann sich in einer Welt nicht gefallen, wo mehr der tolle Zufall als ein weiser Plan« – die Planwirtschaft, wie? – »zu regieren scheint« ... In eben dieser wilden Ungebundenheit findest du deine eigne Unabhängigkeit dargestellt. »Denn wenn man einer Reihe von Dingen« – dem ganzen sozialistischen Zwang und Gemehre – »alle Verbindung unter sich nimmt, so hat man den Begriff der Indepedenz, der mit dem reinen Vernunftbegriff der Freiheit überraschend«, ja, »zusammenstimmt«, erhabener Nachfahr.

Danke, Fritz, sage ich heiter. Er ist mein ältester Kamerad unter den Autoren, ich will es verraten. (Meine intimsten Kenner wußten es: der operative Vorgang bei der Staatssicherheit, der mir gewidmet ist, trägt den Titel *Erbe*. Lessing, Büchner, Schiller werden darin miterfaßt sein.) Ich lernte Schiller als Neunjähriger kennen, mit einem Rot-Kreuz-Zug in der Schweiz, die ich, der Kost wegen, für ein größeres Land hielt als Deutschland; Schiller der deutsche Verfasser des Tell. Im Bücherschrank des im Krieg gebliebenen Vaters die Horenausgabe, mit den Vorarbeiten, ein handwerklicher Zugang, *Den schreckt der Berg nicht, der darauf geboren.* Auf dem loschwitzer Schulweg Schiller gesamtdeutsch aufgelegt, er hielt sich aus dem Kalten Krieg; was für eine Leistung des, wie Heiner Müller sagt, versetzten Politikers. Die Räuber in der Besatzungszone, *aus Deutschland soll eine Republik werden* ... bis Baal zu ihnen stieß mit mehr sinnlichen Interessen. Meine Räuberbande wurden die Kipper, die Letzten im Mitteldeutschen Loch, nicht Arbeitslosigkeit, die Arbeit ihr Problem (das versunkene Thema von morgen), *Das ist Deutschlands größter Sandhaufen*, die Wollust, das geheime Wort zu gebrauchen. Unsere Marx-Karlsschule die leipziger Universität, das Schreibverbot des 11. Plenums und die Frage: fortgehen? wie Schiller in Nacht und Nebel (der Ideologie) über die Landesgrenze? Nach Mannheim, nein Frankfurt, wo Palitzsch das Stück herausbringen wollte und wo der Verlag war. Ich blieb, ich hatte Anteil an der (beachten Sie den Tonfall) *bedeutenden Landschaft; Ich zieh mich nicht heraus aus diesem Loch*, ich hatte mich an Büchner attachiert, der mich gegen die »Idealdichter« einnahm, *nur das nothwendige Bedürfnis der großen Masse kann Umänderungen herbeiführen.* Trotz und Verblendung; und auch die späteren Pressionen konnten mich nicht zu der Privatlösung bestimmen; die Sucht nach Lösungen für alle, *für den Letzten soll die Welt gemacht sein.* Und dann, die Lust: herauszufordern; Trotzki: *Sie müssen das wissen. Sie müssen das wissen.*

Was ich, auf der Flucht, geworden wäre, was für ein Werk, wie Sie es nennen, ich vorzuweisen hätte, ist eine müßige, aber mich immer interessierende Frage. Aber es gab etwas, das mich brennender interessierte... in diesem *langweiligsten Land der Erde*. Diese intime Auskunft wäre von einem Architekten nicht zu haben oder einem Automechaniker; ich, an nicht minder hartem Material oder dem Mangel daran, bediente mich notfalls auf dem Schwarzmarkt, des Humors. Ich betrog mich mit meiner größern *Unabhängigkeit.* Jetzt – ganz ohne Zusammenhang, ohne *alle Verbindung... einer Reihe von Dingen* – ein Befund Hans Mayers. »Die offenkundigen Untaten dieses Staats und seiner mit ihm zugrunde gegangenen Lenker können die vielen Hoffnungen, Leistungen, Ausdrucksformen eines demokratischen Gemeinwillens nicht ungeschehen machen.« – Zu diesen Leistungen gehörte, das klassische Erbe hochzuhalten – ich gebrauche dieses Verb, wie Sie hören, mit ironischem Unbehagen; der Abstand vom Boden; Ideale waren nun einmal oben angesiedelt, nicht im Dreck der Verhältnisse. Was für ein, staatstragendes, Mißverständnis unserer *Goethepächter.* Ein Hochmut, der aber tatsächlich durch niedrige (ein mir liebes Wort) Unternehmungen gestützt schien; waren in der DDR doch, anders als 1848 und 1918, die Verhältnisse wirklich angerührt worden durch den Volksentscheid in Sachsen oder die Bodenreform. Volkseigentum, Volkspolizei – utopische Institutionen in einem archaischen Staat; Ideale gesät in eine Kolonie. Was war die Mehrheit? Sie war durchaus der Sinn, und alle hatten Arbeit und Bleibe, aber sie war auch der Unsinn und blieb, bei allen Staatsakten, auf die Kulissen gemalt. Hinzu kam die fantastische Neigung, Schillers Programm des *Reinhaltens* der Kunst rigide zu realisieren im Leben, das heißt natürlich in der Zeitung. Und der vergleichsweise schlichten Forderung *Geben Sie Gedankenfreiheit* wurde mit unklassischem Starrsinn begegnet.

Der Versuch, der Kulisse Stimme zu geben; die Pappenheimer die unmündigen Moskowiter: und die Frage nach dem Mandat der Macht, das nur das Mandat der Massen sein kann. Im Sommer 1981 im Kreml, *Ich falle fröhlich grinsend in mein Reich / Dmitri ich meines Zeichens Autor / Wer weiß, daß ich falsch bin?* – ein urplötzlicher Sandsturm auf dem Roten Platz, wie beim Einzug des falschen Demetrius über die hängende Brücke; aber die Gefahr meine polnischen, meine tschechischen Fahnen, Lenins Tod von 1968 im Tresor des Suhrkamp Verlags und, vermutlich, des KGB. *Ertappt immer in alter Geschichte*; am ersten Probentag des Dmitri am Berliner Ensemble die Verhängung des Kriegsrechts in Polen. Als ich Schillers Lebensalter überschritt – ich erinnere mich der schmerzlichen Empfindung – die Konferenz in Jena, meine Kritikwut vor allem Selbstkritik; ich buchstabierte die Differenz der idealischen und materialistischen Methode, Schiller: das Idealschöne, dem Empirischen nicht nachgestaltet / wir (in Klammer ein Fragezeichen): Ästhetik der Widersprüche; Schiller: das *reife Ziel der Zeiten* taktisch beschwörend / wir (?): Ernüchterungsarbeit, Abbau der Illusionen; Schiller: den Affekten Würde gebend /wir (?): den vollen Ernst verweigernd, den das Unabänderliche beansprucht; usw. Oder mit anderen Worten, aus dem Rimbaud-Essay: »Keine Ausflüchte; wir müssen ins Innere gehn... Die Paradiese nicht noch die Hölle: der *Aufenthalt auf Erden.*« War es eine, rasche, Antwort auf Schillers Frage, wo wir uns befinden?

Der Dialog mit den Toten, aber das Recht ist nur von den Lebenden zu nehmen. Sie sind (oder waren) im Zuschauerraum, und was sich abspielt ist eine Gegenrealität, die bewußt genossen wird als mögliches, widerständiges Leben. Schiller im Jahr 1989; nie wurde Wilhelm Tell so gegeben und genommen wie beim Gastspiel des Schweriner Theaters in Berlin, vier Wochen vor der Protestdemonstration vom 4. November gegen die Meineidgenossen. Ich zitiere aus einer schweizer Zeitung: »Der Tell des Tages. *Was läuft das Volk zusammen, treibt sie auseinander! Schafft das freche Volk mir aus den Augen. Den kecken Geist der Freiheit will ich beugen.* (Gelächter und Beifall.) *Fort muß er, seine Uhr ist abgelaufen!* (Szenenbeifall.) *Wartet ihr ab, ich handle. Wer ist so feig und könnte jetzt noch zagen?!* (Donnernder Applaus.) *Reißt die Mauern ein! Wir habens aufgebaut, wir wissens zu zerstören.* (Beifallsstürme.)« Es war das Publikum, das ein Jahr zuvor in angespanntestem Schweigen verharrte bei Sätzen wie: *Wenn wir uns nicht selbst befreien, bleibt es für uns ohne Folgen.* – Und das ist zum Problem geworden, nachdem uns die Selbstbefreiung von Bankern und Lenkern aus der Hand genommen wurde. Es ist darum auch keine befreiende Erfahrung für die westdeutsche Gesellschaft gewesen, was bedeutet hätte, auch das eigene Dasein auf das Spiel zu stellen, in dem einmaligen Moment des Möglichwerdens, als die eine Armee, der eine Geheimdienst versenkt wurden. *Freiheit schöner Götterfunken*: der prophetische Griff Leonard Bernsteins nach dem Fall der Mauer. Denn die hereinbrechende Freiheit / Dirigierte mit ihrem Taktstock / Die Freude rasch aus dem Land. Ah, das alte Wort Brechts von der *Lust des Beginnens*! – Auf dem Theater des Wilden Ostens funktioniert wieder der Gute Mensch der Obdachlosen, die Heilige Johanna der Schlachtfelder und der Schlachthöfe, ein Indiz, daß wir in alter Geschichte sind. Geschichte, die »ihre mühsamsten Erwerbungen oft in einer leichtsinnigen Stunde verschwendet und an einem Werk der Torheit oft Jahrhunderte baut«, sagt Schiller. Jedenfalls aber wieder in gemeinsamer Geschichte, Landsleute: erhabenes (gemischtes) Gefühl. Schiller zu mir hin: »Wohl ihm also, wenn er gelernt hat... preiszugeben mit Würde, was er nicht retten kann! Fälle können eintreten, wo das Schicksal alle Außenwerke ersteigt, auf die er seine Sicherheit gründete... wo es kein andres Mittel gibt, den Lebenstrieb zu beruhigen, als es zu wollen – und kein andres Mittel, der Macht der Natur zu widerstehen, als ihr zuvorzukommen und... sich moralisch zu entleiben.« Ich zu Schiller: Ja, so ist es. Es wird geschehn. Und diese Außenwerke – es sind nicht die halben deutschen Halterungen, es sind die Festungen unserer zivilisatorischen Selbstgewißheit. Das Schicksal, das sie ersteigt – die Asylanten und Hungervölker, die bedrängte elende Natur. Das Ausgegrenzte stört uns aus unsern moralischen Grenzen. Und nicht Blauhelme retten den Bezirk, und nicht Greenpeace unser Gewissen. Also hinweg mit der falsch verstandenen Schonung, sagt Schiller jetzt hier in diesem Raum, die eine Harmonie zwischen dem Wohlsein und dem Wohlverhalten lügt, wovon sich in der Welt keine Spuren zeigen. Stirne gegen Stirne zeige sich uns das Verhängnis. Nicht in der Unwissenheit der uns umlagernden Gefahren, nur in der Bekanntschaft mit denselben ist Heil für uns / Heil, schreien draußen andere Versammlungen, vor den brennenden Baracken der Vergangenheit, die Gegenwart ist, assistiert von einem Feuilleton der Lynchjustiz. Meine Damen und Herren, ist das unser Himmel, ist das unsre Hölle? Die *Würde* ist antastbar hier in Deutschland, und die Demonstration unter der Losung des Grundgesetzes, vorgestern in Berlin, war zerrissen von dem gemischten Gefühl, daß wir handeln und daß wir hilflos sind. Die Hölle, notierte Peter Weiss vor Jahren, »das ist die Lähmung, das ist der Ort... an dem jeder Gedanke an Veränderung ausgeschlossen ist«. Der Himmel, vielleicht, ist die Chancengleichheit. Ein wenig Seligkeit schon die Solidarität. Inwieweit sind wir mit Geschichte beauftragt? Wir rechneten, mit Engels-Geduld, mit der fälligen *Abschlagszahlung der Geschichte*; Schiller, ins Leere blickend, hielt dem Nichts die Norm entgegen, eine sittliche Uniform für die nackte Gattung. Der Mensch muß damit leben, daß er die Zukunft nicht (mehr) kennt, ohne daß er beginnt, bedenkenlos gegen andere und Zukünftige zu leben. Die Lösungen für alle können kein Luxus der Künste bleiben. Das Ideal ist zur elementaren Angelegenheit geworden, es setzt das blutige, hungernde, lebendige Fleisch der Probleme an. Die Idee der Menschheit ist zur Sache der Wirklichkeit verdammt. – Wo war er stehngeblieben?

Endlos liegt die Welt vor deinen Blicken,
  Und die Schiffahrt selbst ermißt sie kaum,
Doch auf ihrem unermeßnen Rücken
  Ist für zehen Glückliche nicht Raum.

In des Herzens heilig stille Räume
  Mußt du fliehen aus des Lebens Drang,
Freiheit ist nur in dem Reich der Träume,
  Und das Schöne blüht nur im Gesang.

Nein. – Liebe Baden-Württemberger, ich danke Ihnen für den Preis, mit dem wir Schillers gedenken.

ADRESSE AN DAS COTTBUSER THEATER

Nach dem Abzug der Helden der Arbeit aus der *berührten* Natur sind die Abraumhalden das Eldorado der ABM-Maßnahmen, ICH WAR BERGMANN, HIER IST NICHTS MEHR, und die Webstühle der LAUTEX klappern in Pakistan weiter, ein Billiglohnland. Geld regiert die Welt, sein Parlament die Maschinen, Demokratie ist eine Standortfrage. Wir waren / werden Zuschauer; bei der Abwicklung des Volkseigentums (der Slapstick der Treuhand DAS ORGANISIERTE SCHEITERN) spielen wir diese unsere Rolle, im Sinne der Veranstalter, bravourös. WAS FÜR ALLE die Frage des Sozialismus, vertagt unter dem Diktat des Mangels oder wegen des Überflusses an Diktatur; da er sie nicht abweisen konnte, war seine Antwort abzutreten. Der Kapitalismus wird, ein ehrlicher Betrüger, ohne Überlegen Antworten wissen, bis er nicht mehr weiß, was rechts und links ist. Die Ideale der Klassik uneinholbar in der Vergangenheit, ihr Fehler die Lösung für den kleinen Kundenkreis, das Glück im weimarer Winkel und nicht in den Maßen der Welt, IPHIGENIE FREI DER SAAL GELEIMT. Wir tradieren den Fehler anstatt der Substanz; die versöhnlichen Lösungen von Maastricht sind klassisch beschränkt, die Asylbeschlüsse (finstere) Schwärmerei. Und Orests Elitetruppen landen in Mogadischu, die Hungerhilfe in strategisch interessantem Gelände, Humanismus als Demonstration der Stärke, die weißen Ideen rollen noch immer im Wüstentank. Die Redaktion der Wahrnehmung in den mundtoten Medien, die Verblödung beim Tanz in der Haut der Sieger scheint unaufhaltsam. Die Utopie der unschädlichen Arbeit, des Handelns ohne den Teufel, der im Ganzen steckt, wohnt am Horizont, der noch immer die Bühne umschließt, den Spielort des Mehrwissens und Raum des widerständigen Denkens.

»... SOLANG GEDÄCHTNIS HAUST / IN THIS DISTRACTED GLOBE«

Das Thema der Kunst ist, daß die Welt aus den Fugen ist, daran wird die vereinigte Shakespeare-Gesellschaft nichts ändern. Sie hat den Auftrag, William Shakespeare zu bewundern: und kann sich über sein zwielichtiges Nachleben wundern. König Lear tritt im geeinten Deutschland wie mit sich selbst entzweit auf die Bühne. In Hamburg sieht ihn Benjamin Henrichs »brav geschniegelt, gebügelt und gescheitelt«, in Ostberlin »wild, unflätig und zerrissen«. Dort eine demütig rezitierte Welttragödie / da eine höhnisch abgefertigte Alltagsfarce. »Die Welt zerbricht, das Thalia Theater macht weiter, neutrale Noblesse«, sagte der Rezensent; in der Volksbühne »zerbricht keine Welt. Ein muffiger Kleinstaat geht unter. Hausmeisterrachsucht«. In Hamburg steht ein geliebter Privatmann im Staatstheater, in Ostberlin eine verächtliche Generation auf der devastierten Heide. Dort scheint man am Ende der Kunst / da ist man mit sich selbst nicht fertig. Mitfühlende Verkörperung in der unberührten Haut / authentische verzweifelte Intimität. LEAR HER, LEAR HER, ODER ICH FALL UM. Jedenfalls ein Unterschied wie Tag und Nacht, Lear unter dem Lüster / unter dem Verfolger. Die Beleuchtung einer anderen Erfahrung, der Einsatz eines anderen Wissens in der Landschaft des Triumphes und der Gegend der Niederlage.

Meine Damen und Herren auf- und abtretenden Personen. Wir rangeln um Zeitalter, Shakespeare sind sie eins. Ein Montaigne-Leser, »wenn ihr einen Tag gelebt habt, so habt ihr alles gelebt. Ein Tag ist gleich allen Tagen«. Goethe dagegen: »Wer nicht von dreitausend Jahren / Sich weiß Rechenschaft zu geben, / Bleib im Dunkeln unerfahren, / Mag von Tag zu Tage leben.« Bei Goethe ist alles *Bildung* bis hinab ins Unbelebte, Felsenharte. Im Globe sind die Steine und Gestirne aufgemalt, und alles ist gegenwärtig. Shakespeare erinnert sich an nichts, er hat es. Auf der Bankside der compound ghost, der Sammelgeist, ursprüngliche Akkumulation von Erfahrung: aber ohne die Ambition von Geschichte. *Progress* die Fortbewegung der Könige. William ist, unser verfrühter Zeitgenosse, geheilt, ohne je erkrankt zu sein, vom Fortschrittsglauben. Alle Szenen ein für allemal gemacht: die Qual, in die er uns aussetzt im Wald der Widersprüche, in dem sich Bertolt Brechts Holzfäller, seit dem letzten Bild des *Baal*, betätigen. Shakespeare läßt das Dickicht stehn. Der Gegensatz, der Konflikt, die Krise, und die entsetzlich seltene Umkehr. Mehr weiß er vom Werdegang nicht zu sagen, aber alles vom bewußten Handeln: vom Verhalten in Verhältnissen. Politik die Kriechspur der Gattung, ekles Selbstzitat durch die Zeiten. ICH BRAUCHE SOLDATEN. – KENNT MICH HIER JEMAND? WER KANN MIR SAGEN, WER ICH BIN? William im Theater. ICH WILL NICHT WISSEN, WER ICH BIN. Heiner im Fernsehen. Wir sind in unserem Stück.

Die Dämonisierung der DDR; der Arbeiterundbauer ein Landestrottel und Hungerleider, Jack Cade der Enteigner, der Bodenreformer, das burlesk-brutale Gegenbild des kapitalistischen Demokraten: der ihn jetzt aus dem verkommenen Grundstück jagt. Wenn wir doch darin schlampamt hätten wie Sir John Falstaff, nicht nur am blauen Montag. Es hinderte die Parteidisziplin. In fünfzig Jahren, sagt Eissler in New York, wird die vorgebliche Volksdemokratie im Gedächtnis Auferstehung feiern. Die Roheit ist verziehn, der »reale« Sozialismus wird zum Cokaygne-Bericht über ein Schlaraffenland, wo jeder das Recht auf Arbeit und Bleibe hat. Eine WORLD TURNED UPSIDE DOWN! Jetzt aber kommen wir zunächst auf den Boden: indem er uns entzogen wird. Das Volk, der alte Lord of Misrule, klopft an das Tor der Bundesrepublik und bittet um Einlaß – und der Kanzler aller Deutschen sagt: Ich kenne dich nicht, alter Mann, du bist entlassen. Doch der Untergang der Utopie ist schon kein Triumph mehr, der Sieg der Ordnungsmacht hat einen Beigeschmack von Treuebruch ... pardon, die Rede war, Weimanns Rede, von den Anarchisten in Eastcheap, nicht von den Wessis in Weimar, Hochhuts Dämonen.

Sagte ich: unser Stück? Wir sind in seinem Stück, und meiner Rede, sage ich mit Demut; denn unsere Stücke, meinte Heiner Müller hier, schreibe noch Shakespeare: solange wir nicht bei uns sind. In unsrer eignen Handlung, *Lords and Ladies.*

Ich komme vom Lesen der Akten. Der Schock der *Einsicht*: man weiß plötzlich mehr. Ich erfuhr auf einen Schlag »alles«, Staatlichstes und Intimstes, Mechanismen und Innereien, Verrat in seinen läppischsten und schmerzlichsten Masken. Das perverse Gedächtnis der Macht ... Das Gefühl: es sind die shakespeareschen Bösewichter alle im Hintergrund. Jago von der Hauptabteilung XX hebt die Tüchlein vom Boden, die Berichte. Wie, Desdemona. Wenn wir beieinanderliegen und sich die Körper lieben, wollen die Hände an den Hals greifen, um zu dem tradierten Schluß zu kommen. Man weiß einmal mehr. Shakespeare wußte mehr; es ist, als habe ihm jemand die Akten der Menschheit geöffnet, er hat Zugang; was die Beobachteten schwafeln und schwatzen in ihrem Herzen, ist aufgezeichnet, ihre verborgenste Fiber. Es bleibt die Frage, wer hat ihm den Zugang verschafft. Oder war er wie Goethe Chef seines Geheimdiensts, Deckname »Abaris«, der *Geheymerath*! (Nicht umsonst handelt unser Nationaldrama von einem Pakt, und wirklich strebt der Teufelskerl zum Guten.) Nein, es bleibt Shakespeares Geheimnis. Abschöpfung, Zersetzung, Kompromittierung, alle Formen der Feststellung und Darstellung der Personen und Sachverhalte, einschließlich der Liquidierung – jedenfalls hat er die Personen zum Sprechen gebracht, und in schönstem Stil. Auf die Folio schriebe Hauptmann Girod zynisch: *zuverlässig, ehrlich*. Aber Shakespeare war in einem anderen Dienst.

Brechts des Kämpfers Fußangel die Ideologisierung, die

den Text entrealisiert; die Sorge im bitteren Exil. London vergleichsweise ein süßer Aufenthalt: auf der Plattform. Das gängige Drama ein Raum naiver Freiheit, den William ausschritt mit schier maßlosem Interesse. Er hatte das Herz für alles, er dachte in jedem Kopfe mit. Ein Allgesinnungsliterat. Der Level die unmittelbare Selbsterklärung der Leidenschaften. Wilhelm Wurfspieß' unendlicher Übermut. Goethe hieß es gut, daß Schröder die ersten Szenen des *Lear* strich, Shakespeare schrieb sie tollkühn hin. Er exponierte das Äußerste: das Menschenmögliche, auch »das Böse in seiner ganzen Gräßlichkeit« (Hegel). Die nackte unverdrängte Epoche, Shakespeare die durchlässigste Kreatur, und im Text liegen die Nerven bloß. Die Katarakte der Vergleichungen und Bilder, worin er sich beherrschte und befreite, lassen uns empfinden, was er für ein Mensch war. Und er leistete darum ein anderes. Er gab die Besten und Bösesten, gleicherweise, »als Intelligenzen kund, deren Genie alles in sich befassen, eine ganze freie Existenz haben, überhaupt das sein könnte, was große Menschen sind«. O unser angelernter und nicht eigner Text.

Nach dem Herbst der Gewalt auf den Straßen veröffentlicht die FAZ eine »Weihnachtsbetrachtung« von Safranski: *Die Wiederkehr des Bösen*. Die Gewalttäter und ihre Claqueure, sagt er, »orientieren sich ... an der Blutspur unserer Geschichte«. Die Gewalt sei »selbst der lustvoll angestrebte Zweck«, man verharmlose sie, wenn man sie nur als Reflex sozialer Frustrationen sehe. Die akuten Bedingungen, ruft er, verschwinden in »jener alles grundierenden Nacht, die man nannte: das Chaos, das Böse, das Übel« – der *Welt*, wie das Christentum angibt, in der wir zwar sind, aber von der wir nicht sind. Der christliche Realismus, reaktiviert für das neu zu besetzende Lehramt, nachdem die Geschichte »wieder offen, gefährlich, unberechenbar« sei. Nachdem die *Freiheit* gesiegt habe. Es sei auch die Freiheit der Zivilisation, sich unserer Verfügung zu entziehen. Gibt es noch die Menschheit, das Supersubjekt in seiner Schöpfung? die den Menschen »eines

Tages für tot« erklärt. – In der allgemeinen Predigt wird er tatsächlich ganz zur abstrakten Größe. Bohrer gibt ihm im MERKUR die Individualität zurück. »Kurz und blutig« hätten die Säuberungen im Stall der Diktaturen zu sein, »es fehlten Tote«.

Well, das bürgerliche Feuilleton, die Iden des Kommerz fordern uns Erinnerung ab. Die Vergangenheit, antwortet das Kabarett DIE DISTEL, fand im Osten statt. Der Westen ist der Konsens, schreibt die FAZ, »nur eine Kritik ist noch möglich: der Warentest«. Der Dialog aus einer Moralität, unseres Medienmittelalters. – Kurz und – bündig: wir haben unter unserem Wissen gehandelt und geherrscht, ihr produziert und genießt unter aller Vernunft. – Erinnerung: an die vertane Geschichte; der kopflose Rumpf auf dem Dunghaufen: Jack Cade in Kent, und Rosa Luxemburg schwimmt im Landwehrkanal. GEDENKE MEIN: das heißt in Weimar der Schwur von Buchenwald. Das verramschte Volkseigentum. Was heißt es in Bochum. Wir schleppen das Gedächtnis von Kriegen, die wiederkehren, und unwiederbringlichen Wenden. Die Erinnerung an die Zukunft, eine Altlast. – Und die *Abwicklung* der Fünfundfünfzigjährigen in Neufünfland: was für ein Verzicht, ein Auslöschen von Berufserfahrung. – Das falsche Leben, das wir vergessen können ... Die Erinnerung ein Boden, ein Erbe, ein Besitz, hier gilt nicht *Rückgabe vor Entschädigung*. – Nur das kollektive Gedächtnis überdauert. – Wir könnten den Besitz zusammentragen, die doppelte deutsche Erfahrung, die einen Widerspruch von Welten faßt. Was für ein Material, für unseren Auftritt. Der brave / wilde Lear ist beieinander; WHO SOMETIME, IN HIS BETTER TUNE, REMEMBERS / WHAT WE ARE COME ABOUT. Und jetzt, in beßrer Stimmung, wirds ihm klar, warum wir hier sind.

Es ist ein heller Moment. Die neueste Unübersichtlichkeit, das planetare *mingle-mangle* nach dem Ende der Großen Erzählungen vom Fortschritt ist nur eine Bauernbühne des Dilettanten Menschheit. So shakespearesch die Szene anmutet, es fehlt an globaler Handlung. Oder ist es die: daß sich die Menschheit verleugnet, ihr besseres Selbst, ihre Erfahrung verbirgt in der gewohnten Komödie? Der russische Prospero ist zu den Statisten gesteckt, Fortinbras marschiert in die Krisengebiete. Regietheater der Weltpolizisten für die realityshow einer zweiten Kolonialzeit. Die prophetischen Hungerzüge in Kosinzews *Lear*-Film werden der Standard ganzer Halbkontinente. »Nach jeder Befreiung eine Wanderung durch die Wüste«, sagt Goldstücker in Prag. Auch die Wälder stehn nicht länger angewurzelt vor unserer Maschine, die stumme Natur mengt sich in den Krieg. Jetzt sehen wir den kaputten Globus, STREW'D WITH HUSKS AND FORMLESS RUIN OF OBLIVION. Im Burgtheater Europa *Die Stunde da wir nichts voneinander wußten*, eine brave Bilderflut, ein Augenschein, wie zum Protest gegen eine Idee der Ordnung, die gnadenlos, sagt Bauman in Leeds, alles Uneindeutige und Andersartige ausräuten will bis zur Endlösung. Aber die Beliebigkeit ist nur eine andere Skrupellosigkeit, ohne Orientierung keine gute Geschichte, ohne Vernunft kein Gang aus den Katastrophen.

Meine Damen und Herren, das ist ein Shakespeare-Tag; erlauben Sie mir, zur Vernunft und zum Wahnsinn zu kommen. Der Stellwerker über der Bühne des Berliner Ensembles erinnerte mich an den Baggerführer in seiner Kanzel über dem nächtlichen Tagebau; der fuhrwerkte im Sand, und der fuhr die Vorstellung. Auch auf der elementaren Bühne war jeder Handgriff durchdacht, jede Tätigkeit rational, die des Maschinisten, des Dispatchers, des Schichtingenieurs, jedes Gewerk hatte seine Logik, aber das Ganze war womöglich Wahnsinn. Die Hinterlassenschaft unserer berühmten Arbeit jenes devastierte Land; die Kohle unter dem versunkenen Lakoma langte gerade, das Kraftwerk zwanzig Stunden zu versorgen. Energie für überheizte Wohnblocks mit zugigen Luken. Und der Bürgermeister Anton versteht die Welt: DAS

IST UNSERE ORDNUNG, DASS ALLES IN ORDNUNG IST, ein neuer Lear in der lausitzer Heide. Erst auf dem elenden Grund wird es ernst, im Aberwitz des wüsten Satzes, daß wir das Land nicht lieben. Staaten willfährig unserm verwüstenden Lebensstil. Und in Horno geht der Wahnsinn weiter. Vom Ressort aus ist er nicht zu entdecken, der Zusammenhang begreift das Verhängnis; die Totale auf einer anderen Bühne. Das Nationaltheater, wenn das Wort noch Sinn macht, hat das konkrete Verhängnis, die besondere Barbarei einer Landschaft zu zeigen, Deutschland, Rußland, Japan oder Indien. INSTRUCTIONS, MANNERS, MYSTERIES, AND TRADES, / DECLINE TO YOUR CONFOUNDING CONTRARIES / AND LET CONFUSION LIVE. Die rohen Befunde bilden die Hemisphären der Weltvernunft.

Aber es ist die Vernunft im Wahnsinn, formuliert von den *fools*, Herrschern und Bettlern unseres weltgeschichtlichen Dramas, der verrückte Einspruch gegen die gewaltige Pantomime, die Jan Kott im *Shakespeare heute* sieht. Unser Schauspiel ist in den Schatten gestellt von Schauprozessen, unser Märchen erhellt von Emanzipationen. Noch wohnt Gedächtnis in unserm Trümmerhaupt, kämpfende Erinnerungen an Überlebtes und Erträumtes, Nichtgelebtes. Die Toten der Tagesschau und die Liebenden, die wir waren, ruhen darin in ihrer Unruhe, das Ausgegrenzte, Abgeschobene hat darin Asyl, die Macht und die Natur in ihrem »rasenden Dialog«. Wir müssen auf ihn setzen. Die Totale Shakespeare muß eine Gesellschaft ersetzen. Wir traten eben aus unseren Rollen heraus, erinnern wir uns!, in eine Welt der Untersuchung, nicht des Ja und Nein, bindungslos nur der ganzen Erde verhaftet, alles gewärtigend, aber wissend: kein neugieriger Ben Jonson würde nach dem Weltbrand die Balken des Globus besichtigen und sagen: Da liegen die Reste der Welt. Der »geheime Punkt«, um den sich alles drehte, hat sich verlagert, in dem das Eigentümliche unseres Wir, die ungewisse Solidarität unseres Wollens, den nicht notwendigen Gang des Ganzen ändert. Es ist an der Menschheit, originär zu werden. Wir werden ein schmerzlicheres Szenarium signieren. Wie der entthronte 2. Richard wird der entmachtete Mensch verblüfft erkennen, daß es ihn noch gibt, daß er noch Luft atmen, Boden treten kann. Der unfreiwillige Aussteiger im abgenutzten Weltall wird bei Bewußtsein sein und noch immer, noch einmal William Shakespeare gleichen.

KEIN EPILOG, ICH BITTE EUCH. EUER STÜCK BRAUCHT KEINE ENTSCHULDIGUNG. – O PAULINA, FÜHRE UNS WEG VON HIER, DASS WIR GEMÄCHLICH EINANDER REDE UND ANTWORT STEHN ÜBER DIE ROLLE, DIE JEDER VON UNS SPIELTE, SEIT WIR UNS TRENNTEN, IN DEM GROSSEN BOGEN ZEIT. FOLGT MIR SCHNELL.

Der Appell französischer Intellektueller, Wachsamkeit gegenüber der neuen Rechten zu üben, fand in Deutschland keine Resonanz. Wie erklären Sie sich das?

Deutschland denkt jetzt an sich, und das ist eine beschränkte Beschäftigung. Von außen gesehen, von Frankreich her, eine Art Verblödung, aber sie wird hier nicht empfunden. Warnungen wie der *Appel à la vigilance*, der auf die »zunehmende Konfusion im intellektuellen Leben Frankreichs«, und nicht nur Frankreichs, hinweist, werden hier unter den Teppich gekehrt. Die Wachsamkeit, für Umberto Eco »ganz einfach die Denkarbeit«, wird gering geachtet; einer der Gründe ist »der frühere Dogmatismus der alten Linken. Es gab eine Zeit, da waren alle, die anders dachten als wir, Faschisten. Als Reaktion auf diese früheren Exzesse neigt man heute dazu, jedem die Hand zu geben und nicht mehr zu unterscheiden, wo die Feinde und die Orte der Vereinnahmung sind« (Gespräch mit Roger-Pol Droit). Im Osten die Sucht, das Verbotene endlich zu berühren und schmerzhaft wahrzunehmen; im Westen die »postmoderne Verbissenheit«, die Fronten auszulöschen, die Positionen zu vermengen. Die luxemburgsche Freiheit der Andersdenkenden und die hitlerische der Hasardeure werden gleichermaßen eingeklagt. Nach dem Ende der Geschichte herrscht eine gesunde Angstlosigkeit, die sich ihre Blessuren erst holen will. Es bedarf hier nicht der Strategie der extremen Rechten, interessante Köpfe zu vereinnahmen – die Köpfe selber sind von altem Nationalismus und *junger Freiheit* eingenommen. Es ist, als mache sich die Gründung der Freien Universität noch einmal bezahlt: wenn die Exmaoisten aller Fakultäten die Tagungen und Tageszeitungen bedienen mit ihren Kampfauftritten. Sie findet doch statt, die Evaluierung der westdeutschen Wissenschaft, vor der imaginären Kommission der neuen Ideologisierung. Man kommt den Rechten allenthalben demokratisch, freiheitlich, deutsch und amerikanisch entgegen. Es fliegen die Fetzen der alten Fahnen, und die revisionistischen Historiker, die die Vergangenheit korrigieren, werden *Welt-am-Sonntag*-Korrespondenten oder Grundsatzreferenten des sächsischen Innenministers. Pluralismus heißt wieder Waffenexport. Und die Arbeit an den Fakten (Namen und Adressen) übernimmt der Anrufbeantworter des mainzer *Nationalen Infotelefons*. In ihrem Rollstuhl in Halle sitzt eine siebzehnjährige Schülerin, die sich selbst, und nicht wie sie vorgab: Skinheads, ein Hakenkreuz in die Wange schnitt.

WIR BEFINDEN UNS SOWEIT WOHL. WIR SIND ERST EINMAL AM ENDE

(Gespräch in Swansea am 21. März 1994)

ROLF JUCKER Bereits in dem sehr frühen Bericht »Der Schlamm« beschäftigst du dich mit Fluchtgedanken, beschreibst, aber verurteilst nicht, das Absetzen in den Westen, betreibst sogar »Beihilfe zur Flucht«. Im »Material IV: Guevara« und auch später immer wieder die Frage: »Soll ich aufbrechen aus meiner Hoffnung... Soll ich bleiben.« Wie ernst war dieser Gedanke je?

VOLKER BRAUN Was mich an dem Land kleben ließ: »daß es ein andres wurde, wenn ich in kein andres fortging«. Aber es ist kein anderes geworden. Darum das Denken hinaus. Aber der Körper blieb haften. Natürlich schleppte ich ihn bis zum Auffanglager Marienfelde, begleitet vom Bruder in Westberlin – und ging in den Schlamm zurück. Der Körper nahm es auf sich, und der Kopf mußte dagegenrennen. Er stellte Bedingungen.

JUCKER Die sogenannten »Ansprüche« (die gerügte *Anspruchsliteratur*). In dem Stück »Die Kipper«: »Seid frei. Ihr habt die Macht.«

BRAUN Das waren die Vergnügungen. Der Kopf mußte die Frage scharf stellen. Eben weil es keine Antworten gab, keine (Ersatz)lösungen. Für die Dreckarbeit keine Türken: wir waren »unsere eigenen Neger«; für die Ungleichheit keine Demokratie: kein Augenauswischen. Das war ein Standortvorteil der Literatur, sie mußte in das Verhängnis sehn, in den Zusammenhang, die Geschichte.

JUCKER In den frühen Gedichten »Provokation für mich« spürt man oft Enthusiasmus, ein Gefühl der Offenheit, der Lust, daß die Welt formbar zu Füßen liege: hattest du ein ähnliches Gefühl 1989, beim Mauerfall? Viele DDR-Bürger bestätigten mir, daß sie sich zu dieser Zeit tatsächlich als

Subjekt der Geschichte empfanden, daß sie Dinge, Veränderungen bewirkten, die vorher im Dickicht der Verhältnisse verunmöglicht waren. War das ein Moment des Blochschen Vorscheins? Lag da, wie Hannah Arendt in »Macht und Gewalt« formuliert, die Macht auf der Straße?

BRAUN Die Lust, »die Bäume unserer Lust« ... es war das Gras bloßen Wollens. Aber das Jahr 89 (das 1987 begann nach dem alten Kalender, 88 der Frühling) war ein Moment des Möglichwerdens, des Erlebens historischen Handelns. Der *Vorschein* kommt ja nicht von vorne, sondern von jetzt, wo das Ersehnte entrissen wird. Das kann dem einzelnen, aber auch der Gesellschaft begegnen, als ein Vorgeschmack, als ein Vorgefühl anderer Geschichte. Wenn Seidel in »Transit Europa« den Zug der Wehrmacht in die Luft sprengt, *erlebt* er, sterbend, den Sieg der Résistance. Wir haben, geschlagen wie wir sind, unsere Kraft geschmeckt, die Macht der Menge, wir haben einen Staat verschwinden gemacht, wir haben die Ämter geöffnet. Wir erinnerten uns für einen Moment »der Zukunft«, es hat sie gegeben. Darum waren wir fähig, uns unseres Lebens zu schämen.

JUCKER Kannst du dem Urteil zustimmen, daß »Wir und nicht sie« in vielem dein PC-Buch war, dein Buch der *political correctness*? Es ist dieses Denken der sechziger Jahre, in historisch notwendigen Fortschrittsbahnen, à la es mag zwar vieles schlecht sein hier, aber wir sind dem Westen meilenweit voraus. Der ganze Duktus, oft völlig unironisch, nicht-hinterfragt, geht – ohne Belege zu liefern – von dieser Fortgeschrittenheit aus.

BRAUN So ist es. Aber so war es nicht: es wurde als inkorrektes Buch gelesen. Erst der Rechtsanwalt Kaul setzte die Drucklegung durch; es widerspach »der Politik von Partei und Regierung«. In Wirklichkeit widersprach es nur Enzensbergers Vers »und das ist das kleinere Übel« (die Bundesrepublik nämlich). Es ist ein leibloses Buch, elend dem Zeitgeist verbunden.

JUCKER Ein Text aus der gleichen Zeit, »Die Bühne«: was mich daran unheimlich geärgert hat, ist die Stellungnahme zu Prag 68. Kast ist »bestürzt«, aber nicht fähig, einen Kommentar abzugeben; er zieht sich zurück hinter Geschichte, die »gut oder schlimm« sein kann, macht den Westkommentar lächerlich und rückt die Rechtfertigungen nicht zurecht. Er scheint mit der regimetreuen Interpretation zu sympathisieren. Als dann sein Stück, wegen des Einmarschs, abgesetzt werden soll, macht er die innerbetriebliche Demokratie zu seiner Sache (die Bühne als Raum sozialer Experimente; Fortschritt nur bei gleichberechtigter Beteiligung aller). Warum diese Diskrepanz?

BRAUN Der Bericht bleibt eng an der Erfahrung. Es passiert, zunächst nebenher, und dann das ganze Interesse fassend, Geschichte: auch in meinem »Namen«, in meiner Verantwortung – der ich nicht gefragt werde, nicht einmal unterrichtet. Das ist das Thema des Textes, das in zwei weiteren Handlungen strapaziert wird, den Vorgängen im weimarer Theater und im inszenierten Stück. Mehr *Erfahrung* hatte ich nicht. Es findet sich aber durchaus eine Wertung der militärischen Aktion, natürlich nicht in den Nachrichten und im Gerede, sondern ins Bild gebracht, und zwar gemeinerweise durch die Goethe-Zeichnung »Rekrutenaushebung« mit dem Emblem des Galgens im Kranz; dieser Galgen, da an Desertion nicht zu denken ist, steht für die Intervention. Ich verfuhr auch so, den Einmarsch *Kampagne* zu nennen, wie jene Kampagne im Frankreich der Restaurationsarmeen gegen die Revolution. – Aber ein unzureichender Text. Übrigens zeigt er, wie die Körper (der Liebenden) durch die Politik nicht funktionieren wollen.

JUCKER Der Liebenden, die das Dröhnen der Panzer hören. – Im Gedicht »Gedankenkinder-Mord« beschreibst du, wie die Politik die Denktätigkeit behindert: »Meine schamhaften Freunde / Die das öffentliche Gerede scheuen / Und vor *Schande* warnen und *Beschmutzung unseres Namens* /

Haben mich angestiftet / Zum Mord / An manchem jungen Gedanken / Eh er geboren war. / Ich habe Zukunft, die sich meldete / Nicht zur Welt gebracht.« Hattest du je Angst, die Fähigkeit zum unabhängigen Denken zu verlieren? Welchen Effekt hatte die Zensur?

BRAUN Es war immer abhängig. – Die Zensur hatte naturgemäß das *Nachsehen*, ich war in der Vorhand. – Die Abhängigkeit, als Elend bewußt, schärfte das Denken. Ohne die *Mitgliedschaft* – ödes Wort – nicht die Obsession der Unabhängigkeit, der Selbstbestimmung. Aber auch der Widerstand vereinnahmt.

JUCKER Der Prager Frühling wurde zur Erfahrung in »Lenins Tod«. Darin äußert sich etwas, was man als dein Arbeitsethos bezeichnen könnte: eine »absolute« Verpflichtung zur Offenheit und Wahrheit, selbst wenn man sich dadurch unmöglich macht und isoliert. Trotzki: »Auch wenn er für immer allein bleibt, muß er so ehrlich bleiben.«

BRAUN Wahrheit, sagt Paul de Man, ein Dekonstruktivist, »ist die Erkenntnis des systematischen Charakters einer spezifischen Art von Irrtum«. Davon sind wir in der Regel weit entfernt. – Die Halbwahrheit ist verheerend genug. Die Oppositionellen verloren die Köpfe, bei Lebzeiten, Stalin plagiierte ihr Denken, und die Körper vegetierten als Unpersonen fort. Kreischende oder kriechende Hüllen, über Nacht weiße Haare. Die Widerrufe aus Sehnsucht, ganz zu sein, den Kopf zu behalten.

JUCKER Fällt die Aufrichtigkeit, »schonungslose Wahrheit«, wie es in der »Unvollendeten Geschichte« hieß, heute leichter als zu Zeiten der Zensur? Wie kann man die schwierige Doppelaufgabe lösen, gleichzeitig die eigenen Irrtümer einzugestehn und die erworbenen Einsichten gegen die herein-herrschende Meinung zu verteidigen?

BRAUN Es ist schwerer im Moment. Weil man zu vieles festhalten will, gegen die abräumende »Macht des Feuilletons«. Es macht den Abwasch, wir sitzen noch vor den Tellern. Das ganze Lokal gehört vielleicht längst der Mafia. Wir sitzen darin mit einer Kantinen-Nostalgie. Denn natürlich folgt dem einen Irrtum der andere.

JUCKER In der »Übergangsgesellschaft«, 1982, hattest du die Sozietät *durchschaut*: die DDR als tote Zeit, vertane Chance. FINITA LA COMMEDIA! Der Schriftsteller Anton sagt: »Wir haben etwas vergessen, wir müssen zurück ... Es mag vorwärtsgehn, aber da ist kein Land für uns. Es ist besetzt, hier (schlägt sich an den Kopf) eine Kolonie. Wir zahlen Tribut, an die tote Zukunft. Ja, einmal war es richtig, es war alles richtig. Wir haben die Morgenröte entrollt, um in der Dämmerung zu wohnen.« Was ist in der DDR vergessen worden? Die Lust, die Offenheit, die Nacktheit, die Mette einklagt?

BRAUN Die Alternativen. Das Beginnen, that's all. Es ging ja gut los, die Bodenreform. Der Volksentscheid in Sachsen. Dann hat man allmählich vergessen anzufangen. Erst das Ende war ein guter Anfang.

JUCKER Der Widerspruch zwischen Anspruch und Wirklichkeit, der offenbar produktiver Antrieb der Literatur in der DDR war, stellt sich jetzt in veränderter Weise wieder her: die Verheißungen der Marktwirtschaft, das Versprechen der Demokratie.

BRAUN Rupert Scholz auf dem CDU-Parteitag 1994, den Delegierten aus Sachsen ins Gesicht: »Die Losung ›Wir sind das Volk‹ war richtig in einem totalitären System, für die Demokratie bedeutet dieser Slogan aber die Diskreditierung unseres parlamentarischen Systems.«

JUCKER Der Repräsentativ-Demokratie, der Parteienherrschaft.

BRAUN Es gibt wieder ein *Gefälle* in der Landschaft, wovon Walter Benjamin in den zwanziger Jahren sprach: an dem die Kritiker ihre Kraftstationen errichten. Die Dörfer Potemkin Kohls und die akute Erfahrung des Plattmachens ... Und paradoxerweise ist es gerade das *Planieren* des Ostens, das jetzt dieses Gefälle aufwälzt.

JUCKER In der kleinen Szene »Die Verstellung« zeigst du einen bedenkenlosen »Reisenden«, den unbekannten Ostdeutschen im IC Jakob Fugger, der den Fahrplan bestätigt, »den Spielplan, die Komödie«: er nimmt, was sich bietet, und gibt allen Elenden das Beispiel, vergessend was er weiß, daß das Fahrzeug nicht für alle taugt. Im Innersten aber ist der Unbekannte »Kommunist«: ist das am Ende des 20. Jahrhunderts eine realistische Position? Sind die Menschen zur *Gleichheit* fähig? Ist ihre Gutartigkeit noch vorauszusetzen? Müßte man nicht vielmehr mit Müllers Zynismus darauf verweisen, daß die Menschheit sich nicht ändert, daß die Mehrheit aus gierigen, engstirnigen, eifersüchtigen und auf Vorteil bedachten Leuten besteht? Bestimmt nicht den Grundirrtum jeglicher Haltung, die sich auf die Verbesserung der Welt kapriziert, daß die Menge – Enzensberger zeigt es in »Mittelmaß und Wahn« – keinerlei Absicht hat, sich aus der selbstverschuldeten Unmündigkeit zu befreien, im Gegenteil, sich wohlig und selbstzufrieden darin suhlt?

BRAUN Wenn nicht wenigstens das halbe Tun und Lassen der Menschheit gut und sorgend gewesen wäre, die Geschichte hätte einen noch katastrophaleren Gang genommen, und wenn wir uns nur noch an der Bosheit delektieren wollten, wäre sie am Ende. Ich sehe nicht, daß der Mensch ein besonders gutes oder besonders schlechtes Wesen ist. Wir machen ihn zu dem Charakterkopf, weil wir zu bequem sind, auf seine Umstände zu schielen. Die Bildzeitung des Kannibalismus ist interessanter, aber eine Mystifikation. Das eigentliche Handwerk, die menschliche Mühe verkauft sich nicht. – Wir handeln jetzt nicht aus Not, wir sind nur wendig. Der Reisende, der freiwillig Zugestiegene im Reichsbahngebiet, muß sich fragen lassen, wer er ist. Das übersteht er. Er gibt die Frage zurück. Erst wenn der Chef ihn umarmt, »in einem namenlosen Paternoster«, weiß er seine

Schuld. – Es ist die Komödie der Menschheit, unter ihrem Wissen zu leben. – Sein Kommunismus ist jenseits aller Politik und Ideologie, es ist der Hunger der Welt, den er mitschleppt, der ihm folgt in den Waggon.

JUCKER Am Rande: die Rezensenten scheinen, wie bei »Iphigenie in Freiheit«, nur eine Oberfläche wahrzunehmen, die Ossi-Wessi-Debatte.

BRAUN Eine gewisse Aphasie muß man der Literaturkritik zubilligen. – Ich weiß nicht, ob wir aus der Wende klug geworden sind, im Westen hat sie manchen dumm gemacht.

JUCKER Wenn man kontrafaktisch, wie Habermas das nennt, an der Möglichkeit guter Geschichte, an der vollen »Dialektik der Aufklärung« festhält, mithin um das (schreckliche) Versagen wie auch das (bescheidene) Gelingen der Vernunft weiß – wie kann es zu der »friedlichen *anderen* Arbeit« kommen? In deinen frühen Texten ist die Natur Material, das gebraucht, verändert wird. Diese Sicht hat sich dann radikal gewandelt; im »Bodenlosen Satz« ist die Beziehung zur Natur ein Krieg.

BRAUN Der Text rechnet ab mit anderen Texten. Die nicht ans Ende kamen. Das Ende unserer herrlichen harten Arbeit. Es ist nur ein Satz, den ich sage: wir lieben das Land nicht, »nicht mehr, noch nicht«. – Auch hier wieder die Körper, die sich liebend quälen, peinigen, weil sie das falsche Denken nicht ertragen. Es ist diese Qual, mit der die Vernunft beginnt.

JUCKER Freilich der Arbeitslose hat sie nicht. Er will nur wie alle »Schwellen« die Schienen tragen, »stur wie die Natur ... im Dreck stolz / Auf den Stationen der rauhen Strecke«.

BRAUN Die eine Hoffnung *verkörpern*, und die Leiber wären froh, unter die Räder zu kommen. – Die Natur, die sich wehrt, die zurückschlägt, wenn wir nicht als Gleiche mit ihr umgehn. Das doppelte Desaster, Arbeitslosigkeit und Naturverwüstung, legt eine einfache Lösung nahe.

JUCKER Die Frage also, »die vertagt scheint/die verschärft wird« mit der Rückkehr »des alten Personals im neuen Tauris«. Der Kapitalismus hat die ganze Welt durchmessen, er kann nirgends mehr hin, er stößt an die Grenzen eben jetzt, wenn ihm die Welt gehört. »Diese Wand – das sind die Grenzen der Erde selbst, an denen wir freilich zerdrückt werden können, wenn wir die von uns geschaffene Große Maschine nicht abbremsen und aufhalten, ehe sie endgültig anstößt.«

BRAUN Das war von Bahro, dem Verbannten. Das konnte er erst im Westen schreiben, im Auge des Taifuns. Der Sieg der Marktwirtschaft hat das Problem herausgetrieben. In der DDR war unendlich viel Unvernunft, das Ganze wollte etwas sein. Im Westen ist alles einzelne rational und effektiv, aber das Insgesamt ein Unsinn. Es konnte dem Kapitalismus gar nichts Schlechteres passieren als unser Untergang. Gegenüber dem Sozialismus konnte er immer besser sein.

JUCKER Die DDR hat im Vergleich zum Westen eine Art Armut gelebt, eine Bescheidenheit. Ich will das nicht beschönigen, auch nicht die ökologischen Folgen. Dennoch ist der marktwirtschaftliche Reichtum ja letztlich eine bodenlose Frechheit, mit seinen 30 Zahnpastas, 50 konkurrierenden Automarken, dem schnellen *turnover* zum Zweck der kurzfristigen Profitakkumulation. Dabei ist die beinahe ewige Lampe technisch längst machbar.

BRAUN Bei NARWA sollte sie produziert werden, 150000 Stunden Lebensdauer, Werkpreis 4 Mark 55. Der Osram-Konzern versuchte durch seine Agenten bei der Treuhand einen Schließungsbeschluß durchzusetzen, aber der westberliner »Edison« Binninger machte mittels der Commerzbank sein Angebot. Tage später stürzte er mit seinem Flugzeug ab. – Das erhält Arbeitsplätze. »Es sind die Lösungen, die die Probleme schaffen«, sagt der thüringische Finanzminister Zeh, ein Problemanalytiker. Jetzt werden die Fabriken abgewrackt. Die Giftbuden, es war nicht zu hoffen.

Wir sind wieder eine Epoche voraus. Die Vorhut des Nachsehns. Die Avantgarde der Niederlage. Die ruhmreich Verarmten. »Die mit vorauseilendem Gehorsam... das böse Beispiel geben... zugutererst.«

JUCKER »Die Zukunft«, sagst du in »La Rampa, Habana«, »ist eine Mulattin.« »Die ernste Zukunft, eine Mulattin, teilt' / Mit schmaler Hand das Brot und die Arbeit aus / Nach Nord und Süden und die Wahrheit« (»Tagtraum«). Ich denke nicht, daß das eine Delegierung unserer Hoffnung in die Dritte Welt symbolisiert, wie es in den siebziger Jahren geschah. Aber was bedeutet das Bild?

BRAUN Es war im heiteren Kuba begreiflich. Die Zukunft bringt ein Gemenge, eine Vermischung. Wir werden sie als Umarmung oder Vergewaltigung erleben. Unser *Anschluß* war eine interne Regelung, schon da wird demoliert. Ein Anschauungsunterricht für die Völker. Jetzt blockieren tausend Kurden die deutschen Autobahnen, in den worst-case-Szenarien umschließen Abermillionen London. Die leeren Reste der Metropolen werden wie Normannenburgen aus den Küsten ragen: die Städte der Waffenhändler. Die alten Zumutungen werden noch einmal Räson: die Mauer, der Dirigismus und der Schießbefehl, an den Futterplätzen. Die dichte DDR, im nachhinein, nur der Pilotversuch für das Störfreimachen. – Es ist die Zeit, Versöhnungen zu üben. Aber wir trainieren, mit UNO-Mandat, den Bürgerkrieg.

JUCKER Wenn ich deine Texte lese, so scheint mir die passendste Charakterisierung der Lebenshaltung, die sie ausdrücken: anarchistisch. Kommst du mit diesem Label zurecht?

BRAUN Alright. Das trifft diese Sucht, herauszufordern, die härtere Formulierung zu wählen. Im Umgang aber neige ich eher zu sachten Haltungen, Freundlichkeit; ich machte nicht den Bruch mit der Gesellschaft, den ich im Schreiben vollzog. Ist es so, daß der Körper eine Utopie lebt, ein anderes versöhnliches Leben, ich wuchs unter Brüdern auf... Die Politik ist auf dem Papier, eine Extremität, die er wegstreckt; der Körper will die Entzweiungen, den Streit nicht wahrhaben in seinem Gewebe, das nicht dafür gemacht ist, und er wird zerrieben, zersetzt.

JUCKER Noch ein Zitat aus »Der Schlamm«: »Solange ich in diesem Bett lag, und es gab diese Frau, würde ich gern alle Kunst seinlassen, ich hatte einen lebendigen Gegenstand.« Ist das eine faire Beschreibung deiner Absichten? Ist der erfüllte Augenblick Ersatz für Kunst?

BRAUN Ja, das ist eine immer wiederkommende Empfindung, und der Satz ist mir bis heute glaublich. Für etwas Greifbares, Lebendiges, eine wirkliche Beziehung – um nichts anderes geht es ja in der Kunst, und sie kommt aus dem Mangel, dem Verlangen nach Leben. – Wir sind noch nicht beim Innersten, frag härter.

JUCKER »Ich war bis ins Innere ruhig« hieß es am Ende des Berichts von 68...

BRAUN Aus Entschlossenheit ruhig, aus einer rohen Gewißheit... Die Ruhe des Arbeitens ist hin, die Konzentration auf ein Thema... Es ist viel ernster. Mir ist, als hätte ich meinen Kern verloren, meine Mitte, und könnte nicht mehr vor einem Blatt sitzen. Es fehlt der gemeinsame Raum, er ist zusammengeklappt.

JUCKER Weil Literatur das Wagnis eines Zusammenhangs braucht; weil sie latent, wie Peter von Matt sagt, »die Allegorie eines kollektiven Weltbilds« ist?

BRAUN Jetzt streunt das Denken in der Welt, ohne festen Wohnsitz, und ist noch froh, wenn es ertappt wird. Der einzige Trost: daß die Welt ein Dorf ist. Wales gleich Sachsen-Halt an. – Bei Brecht umschloß noch der Prospekt eines sinnlichen, vollen Lebens die Bühne von Puntila und Pierpont Mauler, unsere Horizonte sind verrußt, oder leer. Die Bühne des Establishments ist die Beliebigkeit. Nicht left und right, nur light. Die Bürgerbewegung der letzten

Stunde hat sich auch eingerichtet, in der Vergangenheitsverwaltung, eine sichere Immobilie. – Es ist nicht die Zeit für Radikaldemokratie.

JUCKER Anton erläutert in der »Übergangsgesellschaft« seinen Kunstbegriff: »Die Literatur hat nur einen Sinn, das wieder wegzureißen, was die Ideologen hinbaun. Das schöne Be-wußtsein … Ich bin Abrißarbeiter. Krieg den Palästen.« Läßt du das so stehn?

BRAUN In dem Stück stand der Satz ganz vorn, und ganz weit hinten wurde ihm widersprochen. Die Literatur, die nur niedermacht, und die Ideologie, die etwas vormacht, haben beide das Leben nicht. – Das schöne Bewußtsein bettelt jetzt vorm Bildschirm, und der Körper wird gepäppelt, mit den Wohltaten des Wohlstands, in indischen Restaurants und unter kanarischer Sonne. Wir befinden uns soweit wohl. Wir sind erst einmal am Ende. Mit dem Erkennen kommt die Krise. Ich denke, die Krise hat uns noch nicht ganz erreicht. Sehn wir ihr also entgegen.

KARTE AUS KAIRO

Die Große Wanderung an den Tellerrand Europas kann nicht vergessen machen, daß die Wiege der Zivilisation im Südosten stand und die Barbaren im Norden wohnten, ihre *Kultur* die Arbeit alter Völker im Nilschlamm und unter dem sternklaren Himmel Mesopotamiens, der Zeitrechnung erlaubte. Auch die enormen Stoffe des Nachdenkens der Gattung, die Mythen von Schöpfung und Vernichtung, nahmen ihren Weg von dorther, sich aufladend mit Geschichte, Staats- und Familiengemetzel, und verfremdet von härterer Erkenntnis. Unser Handgriff die Umbesetzung des Personals aus dem Antikensaal in die Industrielandschaft; Gilgamesch, der Uruk ummauerte und den Geist des Walds tötete, um unsterblich zu werden, hockt im Schatten der Zeder, die verdorrt ist im Flutlicht, am Rand des Rollfelds. Der moderne Spielraum Revolution und Müllplatz, aber Revolution ist wieder zum astrologischen Begriff geworden. Wir stehen, wie die alten Ägypter, mit dem Rücken zur Zukunft, starrend in die Grabkammer, in der wir leben wollten. »Das *große Umsonst* ist eine diabolische Idee, schrecklicher noch als die Niederlage.« (F. W. Haug) Die Kunst bewahrt das Gedächtnis und die Utopie, und sie treibt die Erfahrung in die Krise. Nach dem »Ende der Erzählungen«, das nur das Verstummen der Autoritäten ist, steht doch fest, daß das Drama weitergeht, der Kampf der Interessen im Kostüm der Gesinnungen und Religionen, ein Drama, das bisher gleichgültig gegen unsere Konzeptionen war. Auf den Kalten Krieg, nach Camus »das blöde Duell zweier gleichermaßen verworfener Ungeheuer«, das den Orient als Zuschauer sah, folgte die Drehung der Weltachse, und das vereinte Europa war einberufen zum ersten Nord-Süd-Krieg, an den Golf von Kuweit. Der wahre Weltgegensatz die Akkumulationszentren und die ausgebeutete Peripherie, die das Salz der Erde ist; und der Beton der berliner Mauer wird recycled am neuen Limes, dem elektronischen Zaun an der Oder und am Rio Grande. Der Norden redet, wie Marc Aurel im Drogenrausch, mit dem er die Magengeschwüre betäubte, von der Einen Welt und der Menschenwürde: und grenzt zugleich eine Hemisphäre aus durch Schuldscheine und Sanktionen. Es ist die Komödie der Menschheit, unter ihrem Wissen zu leben. Die Angst des Nordens: ein Leben zu führen, das nicht für alle taugt; die Furcht und Hoffnung der Völker. Der zerrissene Gute Mensch von Sezuan die Identifikationsfigur, solange Nathan der Weise ein arabisches Märchen bleibt und Sieben gegen irgendein Theben ziehn. Brechts Unterscheidung aristotelisches / nichtaristotelisches Theater, Einfühlung oder Eingreifen, wird müßig, wo die Kunst verkommt in den Kanälen der Unterhaltungsindustrie, die der soziale Sprengstoff nicht passiert. Sie muß wie seit Jahrtausenden über die Ufer treten und ihre Substanz ablagern im Delta unserer Tätigkeiten. Shakespeares Verbeugung vor Ägypten, Antonius und Cleopatra unter dem Purpursegel aus der Schlacht bei Actium fahrend, bezeugt den neuen Traum von Lebenskunst, herrlicher als eine Welt von Macht.

DRESDENS ANDENKEN

Die wilden Büsche über den Ruinen.
Grün aus den schwarzen Steinen loht es auf.
Erloschne Städte. Feurige Lupinen
Und Witwen ziehen in den Trümmerhauf.

Dresden ist meine Heimat, der heimliche Grund, der überwachsene Abgrund. Die erste Erinnerung: an die Geborgenheit, in dem einzelnen Gebüsch auf der Rochwitzer Höhe auf dem Rückweg vom Fleischer, Rufe aus einem Gehöft, und meine Mutter war mit dem Kinderwagen feldein gerannt, ich duckte mich an ihre Knie, während der Tiefflieger über uns hinzog. Die zweite Erinnerung, an den Vater: wie uns fünf Söhnen der beste Mensch, auf der Veranda sitzend, das schrecklichste Ding erklärt, sein Gewehr. Er fiel am letzten Kampftag. Am 13. FEBRUAR lag die Wäsche auf der Bleiche, ein Sonnentag, wir Kinder in Fastnachtssachen; im Schlaf nachts Fliegeralarm. Im Luftschutzkeller unter Wolldecken hörten wir das Tosen in der Luft, nach der Entwarnung öffnete Herr Schmidt die Stahltür und wir sahen den glutroten Himmel, ein Sandsturm wehte aus der Stadt, wir drückten die Hände auf die Augen. Nach dem zweiten Angriff wurden Schuhe und Mäntel anbehalten. Am Morgen flogen schwarze Flocken ans Fenster, die Ausgebombten kamen mit entsetzten verrußten Gesichtern die Straße entlang, die Wäsche blieb bis Freitag im Wasser. Die Flak hinter unserm Zaun war abgezogen worden, eine Fehlentscheidung des Oberkommandos. Wenn sie geschossen hätte, wären wir hingewesen. Der Feldweg hieß, noch als wir Kartoffeln stoppelten, SOLDATENWEG. An meinem sechsten Geburtstag treckten versprengte Russen oder Polen mit Panjewagen durch die Hutbergstraße, bedienten sich in den Gärten und schossen ins Fenster, die Kugel fiel an der Verdunklung herab. Karl Mickel, *Vox Dei*

1945: »Wenn se uns de Stadt, dr Tommy und Ami / Zerkloppt ni hättn, hätte der, dr Iwan / Uns hingeschlachtet, wie mer sin, beim Einmarsch / Das hätte der ni ausgehalten also / Uns in heilen Städten is ni meechlich.« In Schulklassen stellten wir uns in langer Reihe auf die Steinhaufen von Striesen und warfen die Ziegel in Loren. Es gab einen schmalen, auf schlechtem Papier gedruckten Fotoband, den ich mit angehaltnem Atem durchblätterte: nebeneinander die köstlichen Gebäude und ihre Reste. *Als dresdner Bestie bete ich zur Neutronenbombe.* Die Menschenopfer waren nicht zu sehen, die ZIVILISTEN, und die Tiere aus dem Zoo, die sich zu ihnen auf die Wiese flüchteten. Ein Bild zeigte ein Haupt mit abgeschlagener Stirn, schräg auf einem Quader ruhend, als höbe die zerschmetterte Skulptur den Kopf, zu einer verzweifelten Frage. Wie soll sie sie denken. Ein anderes, berühmtes Bild: eine große steinerne Frauenfigur, die leicht vorgebeugt auf die unabsehbare Trümmerfläche weist, sie lächelt, und die offene Hand serviert uns das Unsere, das Menschenwerk. Der entsetzliche Widerspruch von Grauen und Schönheit, die Wirkung von Tod und Kunst, rückte mir die Geschichte in ein scharfes Licht, als etwas Gewaltsames und Offenes, das Anteilnahme und Widerspruch fordert. Die Berichte der Flüchtlinge, der einquartierten Untermieterin über die Verlorenen, die der Sog des Feuers in die Luft riß. »Grinsend der Alte querte ins Kellerloch heraus / Mit der Bauklammer blutig der graue Buschen / Ein Mensch war gar nichts, wenn er was hatte.« Der SS-Mann, der vorschlug, die Leichen auf dem Altmarkt in Haufen auf Roste zu legen und zu verbrennen, hatte das »schon einmal im Osten gemacht«. – Welche *verzweifelte Frage*? – Von Dresden blieb: die Elbe und die Hänge. Ohne die beständige Anmut der Natur wäre es ganz untergegangen; die Atmosphäre imaginierte die Möglichkeit des Orts. Vom Wachwitzer Weinberg sah ich stundenlang, das Physikbuch auf den Knien, auf die leuchtenden Trümmer. Es war eine Sehstörung, die zunahm. Ich sah den Frieden. 1956, zur 750-Jahr-

Feier, war DRESDEN TRÜMMERFREI und die Rampische Gasse beräumt, Weidauers Verbrechen. Diese Rede kreist in sich wie die Erinnerung, der Antrieb, seit ich denken kann, der Gerechtigkeitssinn. Die Selbsturteilssucht. Das An-Denken gegen die Vernichtung; »Saddam Hussein der lästige Lieferant / Dekoriert mit den Waffen seiner alten Kunden / Der Norden lehrt den Süden Mores / Und Bagdad mein Dresden verlischt...« Ich werde für diese Zeilen gerügt; die Kritik des WÜSTENSTURMS im Irak wird als antiamerikanische Gesinnung gewertet. Sie ist meine dresdner Haltung. Es gibt aber, bei Vernichtern sowohl wie Erbauern, eine kühnere Haltung, die sich über die Trümmer hinwegsetzt. Die Antifaschisten sprachen im Januar 1946 von einem wiederaufgebauten Dresden, das »schöner und zweckmäßiger« wird! Wilhelm Rudolph, der »wie in einem Zwangszustand« »die Bilder der Zerstörung... Strich um Strich wie Wunden« zeichnete, sah den dresdner Sandstein in gelben und roten Farben verglüht, die Fassaden abgehäutet, »aber immer noch, auch im Tode,... bewahrten sie den großartigen Formwillen ihrer Schöpfer«. Wir in den Vorstädten erblickten Plattenbauten, »kahle Häuser, reizlos / Eins wies andre... / Und angemessen dem Finanzplan« (Mickel), den platten Willen zur Unform, Resultat unschöpferischer Arbeit für alle und des sozialistischen Mangels, der das Bewußtsein vergeudete, d.h. nicht beanspruchte. Dagegen setzte das dresdner Dichten sein Formbewußtsein, den festen oder zertrümmerten Bau der Gedichte, den gestischen Vers und darunterliegend das ernste Maß der Blankzeile. »Das *liebe Dresden* Tal der Ahnungslosen / Die wollten doch das NEUE LEBEN sehn / Die Toten blicken in die rosige Zukunft.« Wir exilierten in kaltsinnigere Gegenden, ein Arbeitserfordernis. – Welche *Frage*? – Wir Bestraften, aufwachsend in zerstörten Städten, in der Ziegelsteppe. Gewöhnt an den rohen Anblick der Ruinen, abgespeist mit dem Dreck der Kriege, ausgehungert nach Schönheit. Immer wieder versetzt in Wüsteneien in Beirut,

Bihač und Grosny. Die vernichtete Arbeit, planiert von siegreichen Strategien. Die inszenierten Untergänge, in denen wir uns einrichten seit Jahrtausenden, die Trümmerfrauen sind zur Stelle, »Die toten Männer sind die Vorarbeiter«, den Schutt wegräumend der halben Menschheit, »Ihr Leben lebend auf dem Leichenhauf / Das Glück liegt drunten, wir sind obenauf.« Mein Vater wollte an die Front. Er wurde nach dem Angriff nach Dresden kommandiert, um die Frau des Hauptmanns in Sicherheit zu bringen, fand selbst keinen Platz auf dem Wagen und hat sich allein in Marsch gesetzt. Die Todesnachricht, als wir beim Mittagessen saßen, es gab Gräupchen. Meine Mutter war sechsunddreißig Jahre alt, eine schöne und sinnliche Frau, die den Kopf, wenn sie weinen wollte, aus dem Fenster hielt. In einer Zeitschrift erschien ein Aufsatz über die TRÜMMERFLORA. Das Filmmaterial der deutschen Luftwaffe vom bombardierten Warschau Rotterdam Coventry, archiviert in den Katakomben der Frauenkirche, war es, das jene Hitze erzeugte, die die Kuppel bersten machte. – Welche *Frage* aus dem Steinhaupt? – Lassen wir die Erfahrung wie Sand aus den Händen rinnen, Davongekommene, die nichts von der Furcht der Opfer wissen und den Hochmut von Tätern lernen? Leben wir unter dem Schutt des Vergessens im Hagel der Nachrichten, Waffen liefernd, und werben für deutsche Tornado-Einsätze, ohne den Widerhall des Terrors zu hören? Räumen wir eine ruinierte Gesellschaft, die nichts für die Fassaden tat, weg, als gelte es, das Land zum zweitenmal trümmerfrei zu machen, und es wäre da keine Substanz zu bergen an sozialer Sicherheit? Ziehn in die *Dresdner Häuser* wieder Kommerzienräte, welke Lausejungen. Wer baut die Städte wem, *im Fundament der Irrtum eingezeichnet*. Bunker des Wohlstands, auf die kein Pfeil die Obdachlosen hinweist, im LUFTSCHUTZRAUM der Zukunft, der jedem Bedeutungswandel offen ist. In der Schere zwischen Wissen und Handeln macht sich das Nichts breit, zu dem alles werden kann, wenn wir taub sind gegen den Stein, der unsere Spur trägt. Ich träumte kindlich davon, daß Dresdens barocker Stadtkern in zwei- oder dreihundert Jahren, inmitten der modernen Peripherie, rekonstruiert würde. Die Dürftigkeit der Neubauten schien das zu garantieren. Jetzt im Foyer des HILTON sitzend sehe ich die Sache düsterer, der Hartbeton schafft Tatsachen, der Abriß meines Traums schreitet unter solventeren Verhältnissen rascher fort. Noch nie war soviel Fortschritt denkbar und Kunstsinn gefordert. Dresden wird nicht auferstehn; wir müssen einen anderen Traum bewahren, der den Bau der Gesellschaft einbegreift und Raum hat für das Gedächtnis. Heimat, das ist die Trauer, und die Zuversicht.

DIE MÜDIGKEIT BEIM GEDANKEN AN DIE MACHT

Die Müdigkeit, der Überdruß beim Gedanken an die Macht, das elende Thema, an dem wir uns abgearbeitet haben, an dem wir gescheitert sind, das wie Schlamm im Mund ist. Ein poröser, vieldeutiger Begriff / die Staatsstruktur, die zur Debatte stand. Die Herrschaft in ihrem Ehrenkleid und das nackte Wort Unterdrückung; wieviel Hoffnung war abzulegen, um es auszusprechen. Gau Dsu, der Bauer: *Du sagst das Wort Macht ohne zu spein. / Du kannst atmen mit dem Wort Macht / In den Zähnen.* Der Kaiser Gau Dsu: *Die Macht ist schön.* Der eine erfuhr sie als Kraft, die hinter ihm stand, die sich auf seine schwachen Kräfte stülpte und ihn fantastisch beförderte, wie der Häuer Hennecke aus Lugau, der in einer gezinkten Schicht 387 % fuhr und zum Helden wurde; der andere erkannte sie als Knüppel, zwischen die Beine geworfen bzw. über den Kopf, wie Bahro aus Berlin, den die radikale Analyse der protosozialistischen Gesellschaft zu ihrem Häftling machte. Er wußte, was ihm bevorstand, er trainierte in der Beletage für Bautzen, ich schrieb auf freiem Fuß den Großen Frieden, eine Kriegserklärung. (Roland Bauer, der Exorzist in der Kulturabteilung; er teilte mir mit, daß man mich erschießen müßte: ich entgegnete eiskalt im selben Ton und fühlte, er hat keine Macht über mich. Eine Zeitverschiebung, und er wäre zum Zug gekommen.) Die Macht der Regulator der Realität; aber es gab die mächtige Gegenrealität der Erfahrungen und Gefühle, in feudalen Verhältnissen ein Dauerkonflikt. Das Privileg der Literatur, Antworten zu bekommen, eine Quittung für die Arbeit, und Vorschriften zu machen, die nicht auf Formulare passen. Die Illusion des Vordenkens für den geschichtlichen Zeitpunkt, in dem es abgerufen werden könnte; aber im Moment der Ankunft der emigrierten Potentiale auf ihrem tschechischen oder sonstwie utopischen Boden zeigt sich, daß sie in der Fremde sind, Sieger einer Geschichte, die verschwunden ist, und ihre Hoffnung ein Hohn. Der Kampf der Körper mit der Politik das Material des Dramas der verratenen Revolution, der blutige oder unblutige Verlauf markiert die steigende und fallende Handlung, die Gnade des späten Auftritts nach dem Tod der Tyrannen stellte uns in das burleske Finale. Man zeigte uns noch die Instrumente, aber wir durften spielen darauf. Das war im Grunde kostenlos. Es war die ambulante Phase der Behandlung. Zur Strafe in die Produktion, die Degradierung zum Arbeiter. Der Abstieg in die herrschende Klasse. Die *Macht der Arbeiterklasse*, die ihr, wie Becher dichtete, *gegeben ist* – das verräterische Wort: gegeben, sie hat sie sich nicht genommen, und so hat sie sie nie besessen, und sie hatte nicht das Bedürfnis danach. Das Einklagen der Verfügungsgewalt das elitäre Thema, das die Produzenten kaltließ; das Thema der technischen Intelligenz, der Elendsklasse der Planökonomie, die am überschüssigen Bewußtsein trug, der schlummernden Reserve. Die Arbeit der meisten, so banal sie ist, bedarf ihrer nicht. Sie wußten auch im kurzen Herbst der Anarchie, als die Macht auf der Straße lag, nichts damit anzufangen. Arbeiter Macht. Eine aufgeschwatzte Mission. Aber der Zusammenhang ist intimer; die Macht kommt vom Machen, die Arbeit selber das Problem. Die feile Formel *Alle Macht geht vom Volke aus* ist verteufelt wahr. Die vertikal geteilte Arbeit produziert aus sich die Strukturen der Unterdrückung. Das Warnbild aus der Vorzeit, die Stufen von Tschin: mit den Terrassen der Landwirtschaft restaurieren sich die Terrassen der Macht. Eine Umwälzung, die nicht den Grund berührt, der die Arbeit ist, versumpft und findet sich wieder in alter Geschichte. Der Denkhorizont das Herausarbeiten aus den alten Tätigkeiten, der Jahrtausendprozeß, der unsern Augenblick nicht trösten konnte, aber immunisiert gegen die raschen Vertröstungen der bürgerlichen Ewigkeit. Der Freizeitpark von André Gorz realisiert nicht die Freiheit; in der Arbeitszeit, wie kurz sie auch wird, entscheidet sich die Herrschaft über Menschen und Kreatur. Dieselbe Arbeit, die die Gattung auseinanderreißt, zerreißt die Natur. Das ist die Dimension der Macht, als menschlicher Anmaßung. Es kann kein Zufall sein, daß die eine Gesellschaft die andere in Grün ist und sich unsere Erfahrungen ähneln wie ein Überraschungsei dem andern. (Die Macht hat sich verflüchtigt / vervielfältigt in *Mächte*, Funktionsträger in der überkomplexen Massengesellschaft, das stabile knisternde Gebälk. Paul Samuelson, der Tui der Wirtschaftswissenschaft: »Solange ich die textbooks für die Ökonomen schreibe, ist mir wurst, wer regiert.« Und doch heißt Macht: in letzter Konsequenz mit physischer Gewalt andern seinen Willen aufzwingen.) Wir können die Rituale, die Mechanismen verlachen, aber wir müssen tiefer graben. Der Sozialismus hat die neue Frage auf alte Weise gestellt: als Machtfrage, in einem engen Verstand, nicht als Frage des Produzierens. Er versprach nichtantagonistische Verhältnisse, den Frieden also, mitten im Krieg von toter und lebendiger Arbeit, *Gewißheit* in der Sphäre des allgemeinen Verdachts. Jetzt wird uns die Ungewißheit lieb, wie das Leben. Wir genießen die Macht, unsere menschlichen Möglichkeiten. Aber der Mensch muß entmachtet werden / er muß den, diesen Verstand verlieren.

DIE DONAUVERSICKERUNG

Wo fließt das Wasser hin, nachdem es plötzlich aus dem Flußbett verschwindet, in dem es sich ruhig wälzte, in Löcher versinkt, in die Tiefe sackt? Eben noch war es halbwegs *mächtig*, nun ist es *versiegt*. Hält es sich in verborgenen Becken auf, oder wird es verbraucht im Untergrund; oder strömt es in den Kavernen drunten fort, den Flußlauf begleitend im Geheimen, um nach Kilometern wieder das Bett zu füllen? Lange war es ein Rätsel, und es hielt sich die Hoffnung, es steige zweimal in denselben Fluß. Vermöchte es doch der Mensch! Bis man das Wasser färbte und verfolgte und überführte. Nicht in der Donau, wo sie wieder sichtbar fließt, findet sich die Brühe, sondern weitab springt sie, mit Druck und Strömung, aus der Quelle der Aach. Das saubere, kalte, frische Wasser eines neuen Bachs. Unsere Arbeit versickert, versunken im löchrigen Boden, untergegangen die DDR; wohin geht die Kunst und das Können, vertut es sich, *strömt* das je wieder *zuhauf*. Dynamo Dresden, die Klasse-Elf, gesiebt, und ausgesondert, was sich verkaufen läßt, Sammer in Dortmund, Kirsten in Leverkusen (das Geld im Gully), und nach dem *Abstieg* die ganze Mannschaft verscherbelt, Rath, Kern, Ekström, Beuchel, Jähnig, Kmetsch und Jeremies, verstreut im Gelände, wo sie weiter dribbeln und bolzen und um ihr Leben laufen.

VORREDEN UND NACHREDEN

Einleitung des Gesprächs über Sattlers »Thesen zur Staatenlosigkeit« im P.E.N.-Zentrum Ost

Lieber Sattler, Sie haben das Büchlein, sage ich jetzt einmal, vor 17 Jahren im Mitteldeutschen Verlag eingereicht. Es wurde dort mit freudigem Entsetzen entgegengenommen und aus der Hand gelegt. Das bloße Gerücht von der Existenz einer solchen Schrift in der DDR setzte die westlichen Medien in Aufregung und Wirbel; und noch ehe Genaues bekannt war, war dem Text höchste Aufmerksamkeit sicher, frenetisches Interesse. Sowie tiefstes Desinteresse der Hauptverwaltung Verlage, das sie in internen Gutachten verteidigte, wissenschaftliche Abscheu. Ein Politikum also, das Deutschland in Atem hielt, zwei Staaten! ein staatsvergessener Verfasser. Die Öberen selber meldeten sich im Untergrund zu Wort, im Staatsapparat, zur *Sicherheit*. Nun verzögerte sich das Vorhaben, ich übergehe diese Epoche. Erinnerlich bleibt eine Diskussion in der sogenannten Kulturabteilung, wo Sie sich herauslocken ließen und einer fuchtigen Genossin den Staat, mit sadistischem Eifer, als vergänglich erklärten und sie vorläufig auf seiner Ewigkeit bestand. Der Zensor, längst Ihr Vertrauter, ließ es sich nicht nehmen, dem Manuskript seine eigenen Thesen hinzuzufügen bzw. entgegenzustellen; er gab dabei ein gefährliches Stichwort, Staatsfeind der er im Sozialismus war: sich auf die *Verhältnisse* berufend, die Macht! der Verhältnisse! Die Thesen des Zensors:

Der Staat stempelt uns zum Dutzend, ich kann ihn nicht als einzelner hinter mir lassen.

Man kann den Staat nicht hinter sich lassen, indem man ihn verläßt.

Wenn ich den Staat nicht benötige, so benötigen meine Verhältnisse ihn doch;

und wenn ich ihn gleich verlasse, so greift er doch nach mir, meinen Gedanken!

Es genügt nicht, die eigenen Verhältnisse zu zerbrechen, es ist ein allgemeines Verhängnis.

Hunderttausend, in der Öffentlichkeit, auf der Straße, können einen Staat verschwinden machen;

aber wie lange?

Die offenen Verhältnisse – der utopische Zustand – empfinden sich sogleich als ungeklärte, und es wird wieder ein Staat sein, der Klarheit schafft.

An nichts liegt uns mehr als an Klarheit.

So sprach der Zensor, leise, denn er wollte der innere Zensor sein. Der Geist der Konsolidierung. – Wir redeten uns seitdem aus dem Staat heraus, wir sind den Staat los, und aber nicht staatenlos, und haben also keine Antwort gegeben. Darum fällt sie nun doppelt schwer. – Sie aber waren ein westdeutscher Autor, und die Thesen aus gegnerischem Gelände hier womöglich gelitten, während sich das P.E.N.-Zentrum West nicht entschlossen hätte, sie zu diskutieren. – Zunächst die Frage, die uns hier der entzückt verzweifelte Verleger ofte zugerufen hat: Wie kamen Sie dazu, das aufzuschreiben?

Einleitende Worte zur Lesung »Neue Lyrik.
Für Stephan Hermlin«

Meine Damen und Herren, im Dezember 1962 fand hier im damaligen Plenarsaal der Deutschen Akademie der Künste eine Veranstaltung statt: JUNGE LYRIK *Stephan Hermlin liest ungedruckte Gedichte.* Die Einsender waren ihm alle unbekannt. Eine erstaunliche Zahl der Vorgestellten sind wirkliche Dichter geworden: Kurt Bartsch, Wolf Biermann, Uwe Gressmann, Bernd Jentzsch, Rainer Kirsch, Sarah Kirsch, Karl Mickel, B. K. Tragelehn und andere. Die bloße Lesung angehäuften unveröffentlichten Zeugs, darunter einige gute Gedichte, wurde zur Sensation, zur skandalösen Störung der Kulturpolitik. Es herrschte hier im Raum eine Valmy-Stimmung – und etliche von Ihnen können sagen, sie sind dabeigewesen; man vernahm den Geist der Respektlosigkeit des Ästhetischen, dessen Sinn der universale Anspruch ist, und der universale Anspruch, nicht eine politische Reimerei, ist das wahre Politikum, das die Parteien und Staaten infrage stellt, weil es die Frage nach dem Menschen stellt. Die Diskussion verlief in ungeheurer Erregung; der Korrespondent der *Prawda* stürzte am Schluß auf Hermlin zu und weinte; Klaus Völker, zurück in Westberlin, schickte ein Telegramm: *das dichterische Antlitz Deutschlands hat sich über Nacht verändert.* Das Wachbataillon wurde in Bereitschaft gesetzt und am Morgen eine außerordentliche ZK-Sitzung einberufen. Das Vorzeigen einiger Dutzend Gedichte trieb einen Konflikt heraus zwischen den produktiven und den ängstlichen Gemütern, und es begann eine Zeit infamer Debatten und zugleich famoser Lesungen: von Nachrichten, die sonst nirgendwo zu haben waren. Das war der Anfang der Gegenöffentlichkeit, die im Jahr 89 aus den Theatern, Kirchen und Versammlungen auf die Straße trat. Im März 1963 fragte ein Generalsekretär die zusammengerufenen Kulturfunktionäre: Wer ist der führende Kopf!, und Abusch antwortete wie aus dem Schlaf schreckend: Der Kopf, Genosse Ulbricht, das ist natürlich Hermlin. Aber Hermlin bewies, wie in allen angespannten Epochen, seine unbestechliche Haltung. Er wurde als Sekretär der Sektion Dichtkunst abberufen. Die Nachwelt spricht nicht von Posten, sie spricht über Positionen. Dieser Hermlin gehöre in die gleiche künstlerische Strömung wie Ehrenburg oder Aragon, schimpfte Kurt Hager mit der Wahrheit. Auch die Replik Hermlins behielt ihre Gültigkeit: »ob man ohne weiteres jedem Zeitungsschreiber erlauben kann, die Akademie zur Ordnung zu rufen« – oder sagen wir heute: den P.E.N. –, er wisse nicht, »ob die Akademie ... der Schuljunge ist, der von jedem herumgestoßen werden kann.« Die Literatur ist eine mögliche Instanz des Zorns und der Gelassenheit, der Vernunft des Widerstands gegen den Stalinismus der Bürokratie und den Stalinismus des Geldes. Der Dichter Hermlin hat in schwierigen Zeiten die Würde der Künste bewahrt. Ein Staat, sagte er, der die Verletzung dieser Würde zuläßt, fügt sich selbst Schaden zu. Es muß Raum sein für eigene Bewegung, sonst entsteht Eisesstarre ... oder ein Höllenklima. Meine Kollegen, wir lesen jeder ein Gedicht. Ich danke Ihnen, mein tapferer, mein hochgemuter Freund.

Müllers Abgang

Wir haben ihn gehen gesehn. Er redete noch, rauchte, trank und arbeitete – ohne von irgendetwas zu lassen. Wenn es ein Irrtum ist, daß die Toten tot sind: warum sollte der Lebende aufhören zu *leben*. Es war, als erzählte er, mit noch leiserer Stimme, seine bitterste Anekdote zuende. Er wußte das Ziel, der Dorotheenstädtische Friedhof. Schon als junger Mitarbeiter des Schriftstellerverbands, der ihn dann ausschloß, sprach er von sich wie jene Wahrsagerin auf der Brücke in S. Antonio vierzig Jahre später: Señor, Sie machen so etwas wie Shakespeare. Ein Regisseur seiner komischen Verwandlung in eine ernste Erscheinung. Schutzlos in seinem Text, den die Toten sprechen, die ihre Erfahrung gemacht haben (das ist sein Begriff vom Theater). Das MATERIAL nutzend, MÜLLER, bis zum Exzeß, bis zum letzten Quentchen. Noch die letzte Regung festhaltend mit dem Zeichenstift Mark Lammerts: nehmt alles. Er kam aus Feuerbränden und ging in Feuerbränden. Ein Zeitalter aus einem Aufbruch und einem Abbruch, die Demontage der Anfang und die Demontage das Ende, zwischen zwei Volksentscheiden in Sachsen. Er war der Neuerer, auf den man Steine schmiß. Er hat die Steine vermauert in seinen Stücken, wie die Brocken der zersprengten Geschichte, die auf dem Boden bereitlagen. Die Kraft der Szenen ist die Wucht der Widersprüche, ihr Glanz die ausgehaltene Spannung, Befreiung und Unterdrückung, die eins sind in diesem Jahrhundert und solange die Dramaturgie gilt, gegen die er kein Argument hatte. Aber für eine Sprache der Vergeblichkeit hatte er zuviel zerreißenden Witz. Er hat sich seinen Auftritt verschafft, nicht wählerisch in den Mitteln (Girod sein Horatio); in Beutlers Selbstkritik im voraus die eigene parodierend, und unser Dilemma ANPASSUNG WIDERSTAND extremisierend in dem Horatier, der ein Sieger und Mörder war, ein Exerzitium am Mittag im Nachtkleid, der Langschläfer in den Ruhm. Jetzt ziehen in Schroths cottbuser Inszenierung die *Umsiedler*, lautloser Skandal, auf das kommunistische Altenteil, d. h. sie haben die Zukunft gepachtet, flügellose Engel der Heiterkeit. Wir dachten, den Sozialismus solange zu bekämpfen, bis er steht; da muß man von einer Niederlage sprechen. Auf den Status quo, der der Abschied von morgen war, folgte die Begrüßung von gestern; die Krebserkrankung der Speiseröhre Symptom des Ekels an den Verhältnissen, gegen die er, resistent gegen Verheißungen, aber nicht gegen Verblödung, keine Abwehrkräfte besaß. Die Nachrufe eines Teils des Feuilletons erinnern mich an die Artikel zu Brechts Tod im August 56 in der fränkischen Lokalpresse, eine Frühesterfahrung: hämische Herab-Würdigungen; in der Leugnung der Dauer der Wirkung zeigt sich die Furcht vor der ERINNERUNG AN EINE REVOLUTION. Ich hielte es gern mit jener Death-Metal-Band in Kreuzberg am Neujahrsmorgen: UND DENKT JETZT NICHT AN HEINER MÜLLER, aber ich habe seine Aufforderung im Ohr: Der Weg ist nicht zuende, wenn das Ziel explodiert. Ich schließe mit zwei Sätzen aus *Fatzer*: »die erkenntnis kann an einem anderen ort gebraucht / werden als wo sie gefunden wurde.« »alle diese nächte / schlaf ich nicht mehr aus furcht es könnte / etwas im sand verlaufen und vergessen werden.«

Vorrede zu Günter Grassens »Rede über den Standort«

Im Jahr 1988 gingen Günter Grass und ich über eine Wiese, im Brandenburgischen bei einem Gespräch der deutschen Schriftstellerverbände, und ein großer Ast, bei völliger Windstille, krachte vor unsere Füße. Dich, sagte ich zu Grass, sollte es hier nicht treffen: in den eigenen Reihen wüten wir heftiger. Nach dem Umbruch 1989, als wir denselben Mächten ausgesetzt waren, wie im übrigen auch die Natur, und wir hatten die Demonstrationen erlebt, bei denen Losungen wie SÄGT DIE BONZEN AB, SCHÜTZT DIE BÄUME hochgehalten wurden, forderte er uns auf, uns weiter in die deutschen Dinge einzumischen. Er selbst machte das auf eklatante Weise, indem er, der strenge Kritiker des »allumfassenden Systems« der DDR, jetzt den Landsleuten Respekt zollte für die »drüben erstrittene Leistung, vor der wir«, sagte er, »umstellt von Reichtum, arm dastehen«. Er, der einstige Kläger, wurde im Moment des Untergangs zum Anwalt des Ostens, warnte vor einer Vereinigung als Einverleibung, denn sie hätte Verluste zur Folge, die nicht auszugleichen wären: »nichts wäre gewonnen außer einer beängstigenden Machtfülle«, und die Deutschen wären wieder zum Fürchten. Das waren unerhörte Worte, die keiner von uns hier hätte aussprechen wollen; wir beruhigten uns damit, endlich drucken lassen zu dürfen, daß in der DDR der Machtbesitz dem sozialen Besitz zum Verhängnis wurde, wir berauschten uns an der Preisgabe der Macht. Da forderte Grass schon, in seiner Fairness, einen deutschen Lastenausgleich. Das war die äußerste Einmischung in Deutschland. Soziale Gerechtigkeit: da ist ein anderes Deutschland gemeint. Meine Damen und Herren, jetzt bin ich schon bei der Sache; aber ich habe Ihnen von der Person zu sagen. Tatsächlich, ich erlebte ihn immer vom Geist der Einmischung besessen. In Hans Mayers leipziger Hörsaal ließ es sich der westdeutsche Gast nicht nehmen, uns zuvörderst die Grüße des republikflüchtigen Uwe Johnson zu überbringen. Bei einem Treffen von Dichtern aus Ost- und Westberlin, das moderiert wurde vom nämlichen Johnson, hat Grass Paul Wiens einen Analphabeten genannt, dieser ihn einen politischen Analphabeten und er wiederum diesen vor Publikum geohrfeigt. Es war auch mehr als literarisches Behagen, das ihn Ende der siebziger Jahre zu den Lesungen in ostberliner Wohnungen führte. Anfang der achtziger, als die Atomraketen in den deutschen Wäldern stationiert wurden, initiierte er gemeinsam mit Stephan Hermlin die Begegnung zur Friedensförderung; ich gehörte zu den Teilnehmern. Es gab den Grundstrom e i n e r deutschen Literatur, denn es blieb eine, gefährliche, Geschichte. Grass sprach mit der Autorität des Verfassers legendärer und unvergleichlicher Bücher, die freilich in der DDR nicht verlegt waren, wie der *Danziger Trilogie*. Er kommt aus Danzig, ich komme aus Dresden, wir hätten in unseren Städten umkommen können. Unsere Städte sind umgekommen. Vielleicht muß man aber die Heimat ganz verlieren, um sie zum Thema zu machen. – Jetzt sage ich mit Humor: er hat »unsere Heimat DDR« zu seinem Thema gemacht, wahrlich eine Einmischung. Als *Das weite Feld* erschien und der Rattenschwanz der Rezensionen, notierte ich: Es gibt wieder zwei deutsche Literaturen – und wieder ist es eine Erfindung der Kritiker, die einen ideologischen Strich ziehn. Grass, behauptet DIE ZEIT, »in der Bitterfelder Sackgasse«; welche Ironie der Literaturgeschichte, daß der Starautor des Westens nun der DDR-Literatur zugeschlagen wird. Die Leserschaft, drüben grollend, hier amüsiert, bestätigt den Irrtum. Grassens respektables Verbrechen: er hat die deutsche Vereinigung aus der Sicht der Unterlegenen beschrieben. Daß er der offiziellen Geschichtsschreibung eine bleibende literarische entgegenstellt, reizt die Ideologen aufs Blut. – Aber ich bin in derselben ironischen Lage: der ich mich deutscher Dichter nannte, ich werde von einer ALLGEMEINEN ZEITUNG sechs Jahre nach der Vereinigung als ostdeutscher Schriftsteller apostrophiert – und kann mich für den Rest des

Lebens mit dem Urschleim der Ausbeutung beschäftigen. – Die Abfertigungen kannten wir, bis zum Überdruß, aus dem Zentralorgan. Im SPIEGEL steht alles seitenverkehrt: »die serboromantische Erdferkelei des Dichterpropheten Peter Handke« – der vom Überleben nach dem Töten erzählt, um wieder Miteinander, Vertrauen zu ermöglichen, das verbindende, das elementare Dasein. Das, was den Politikern oft unfaßbar und im Wege ist, hat das Interesse der Literatur, es wahrzunehmen macht ihre Wüde aus und ist ihr niedriges Amt. Aus diesem Interesse zieht sie ihre sinnliche, ihre subversive Kraft. In den Zeiten der Zerrbilder und käuflichen Lügen; der Nachrichtenfälscher Born erklärte vor Gericht: niemand habe verlangt, »daß es die Wahrheit ist«, die Nachrichtenkäufer nicht, der konservative Brodem, den sie in Deutschland verbreiten, ist selber eine Fälschung. Eine Fälschung der Geschichte, eine Leugnung der Alternativen, eine Löschung von Schillers schwieriger *Hoffnung*: »zu was Besserem sind wir geboren«; eine Fälschung, die wieder fähig ist, Geschichte zu machen. – »Es geht darum«, sagt Günter Grass, »wie man widerständig bleibt in Situationen, die keine Hoffnung verheißen.« Da haben Sie das ganze Dilemma unserer Arbeit. – Es scheint in diesen Tagen, da die Lufthansa verspricht, »Klassenunterschiede wieder erfahrbar« zu machen, töricht, der Aufforderung zu folgen: »Kameraden, sprechen wir von den Eigentumsverhältnissen!« (Brecht 1935) Doch es ist tödlich, wie die Bürgerbewegung zeigt, ihr nicht zu folgen. Es gibt, seit den *Persern* des Aischylos, nur ein souveränes Verfahren: Partei für die Besiegten zu nehmen. Um wieviel mehr in dem ironischen Moment der Geschichte, in dem Triumph und Krise zusammenfallen und dem Festmahl der Treuhand der Kollaps der Modernisierung folgt. Im einigen Vaterland mit den arbeitslosen Gesellen. Wir wissen, daß es nurmehr Besiegte gibt in den Siegen. Wir sollten uns von Grassens generöser Haltung inspirieren lassen, uns selbst ohne Schonung zu sehen ... uns selbst als Eroberer zu sehn, eines problematischen Vorteils, an dem wir zu tragen haben. Der Ministerpräsident von Mecklenburg-Vorpommern rühmt uns, wir hätten denen im Westen »eine Wende voraus«, und die FRANKFURTER ALLGEMEINE erwidert: »Wohin sollen sich die Westdeutschen wenden?« nachdem wir uns in den Westen gewendet hätten. Ja, da steckts. Wir haben die Verhältnisse der Bundesrepublik durch unsere Wahl so vollkommen salviert, daß wir nun Verantwortung für sie tragen. Wir haben mit unserem fraglosen Übertritt ihr Leben bestätigt, das sie selber bezweifelten, wir haben es angenommen und ihnen ihre Träume genommen. Wir, die wir das Vergangene so entschlossen hinter uns ließen, sehen nun die entschlossene Vergangenheit vor uns und dürfen uns der Erwartungen erinnern. Wir haben den Humor der Niederlage: die doppelte Erfahrung. Wir wissen im Osten: Kapitalismus »in einem Land«, aber nicht in einer Welt. Sie hält es nicht aus. Wir müssen die Erfahrung übersetzen. »Den Heimatlosen«, sagt der Danziger, »sind die Horizonte weiter gespannt als den Bewohnern kleiner und größerer Erbgrundstücke.« Das ist eine Sprache für das widerständige Wissen. Die Literatur: ein symbolischer Lastenausgleich, metaphorische Gerechtigkeit, wenn sie das Gewicht unseres Lebens hat. Meine Damen und Herren, ich begrüße Günter Grass.

Für Hermlin

Stephan Hermlin, mein Freund, ist tot. Dieses Jahrhundert, das verloren scheint, da es an seinen Anfang zurückkehrt, in die Zeit vor den verratenen Revolutionen und den Weltkriegen, in eine ahnungslose Gründerzeit, wird nun von seinen Weggenossen verlassen. Es ist, als sollte reiner Tisch gemacht werden, und diese Jahre werden es schaffen. Andere Generationen treten in die gleißende Wüstung. Wenn sie irgend Kenntnis haben von den Kämpfen, die stattfanden, den Hoffnungen, die begraben wurden, den Greueln, so verdanken sie es den wenigen rückhaltlosen Zeugen, die die Kraft hatten, »eine Wahrheit zu erkennen, die fast nichts übrigließ von dem, was ihnen teuer gewesen war«. Die Spanne zwischen fast nichts und nichts ist das, was bleibt, und das ist viel in Zeiten des Geschichtsentzugs, des Mauerbaus am Jahrtausendende.

Mein Freund – das sage ich nicht dahin. Mitunter kam es, in unseren Gesprächen, zum Du; mir schienen es Momente der Schwäche, die ich genoß, aber nicht ausnutzte; seine Freundschaft war eine ernsthaftere Sache, ein festeres Zutrauen als Vertraulichkeit. Andere nannten ihn unnahbar, das war ein Mißverständnis. Ich habe, in elenden Versammlungen, erlebt, wie ein besonderer Anspruch, ein Maßstab das Mittelmaß demütigte und aufbrachte. Die Irrtümer teilen viele, aber die Maßstäbe setzen wenige. Ich mußte oft an den überlegenen, aber stachligen Trotzki denken, der sich nicht gemein machte mit der Meute und ihr als hochmütig galt, und darum als verdächtig, als gefährlich. Stephan Hermlin verfügte über Würde und Form, die seine Texte und Handlungen verläßlich machten. Es war diese Meute, von der er 1977 sagte: Sie wollen ein Massaker. Sie regt sich auch heute. Tatsächlich hat er mit seiner Freiheit auch meine verteidigt. Ich sprach vor Jahren von der *abenteuerlichen Uniform*, die er sich anzog nicht zur Täuschung, sondern um sich kenntlich zu machen. Um einzustehn für eine Geschichte, ihre Strömungen und Extremitäten. Um sich auszusetzen in dem Streit der Zeit. Ich sah ihn zuletzt über die Vorwürfe lächeln, er habe seine Biografie gefälscht; er lächelte wie über einen absurden Einfall. Am Tag seines Todes fragte er: Woher dieser Haß. – Es war noch seine Zeit, obwohl er sie nur noch zur Kenntnis nahm. »Ich nehme zur Kenntnis, daß ich einer Generation angehöre, deren Hoffnungen zusammengebrochen sind.« In den Kämpfen, die bevorstehn, der Erdteile, der Landschaften, der Industrien und Ideologien, werden die Waffen wieder Steine sein und die Vernunft wird Worte brauchen.

Als Lenin die russischen Philosophen auf ein Dampfschiff verlud, hoffte er das falsche Bewußtsein loszuwerden; das war ein Irrtum gleich in der Exposition der großen Handlung, die nicht nur den Frieden und den Boden, sondern auch die Weisheit dekretierte. Ihre letzte ironische Szene ist der Einzug der Evaluierer in den Ostmarkt. Brechts Satz: es setzt sich nur soviel Vernunft durch, als wir durchsetzen, ist vor diesem Hintergrund eine traurige Wahrheit. Er war der Dramaturg der Weltrevolution, verjagt von einer anderen Aufführung, und kam nie in Versuchung, Epiktet zu glauben, daß man in einem fremden Stück spiele (erst der 17. Juni verfremdete die Bühne). Auf dem Posten hielt er es für ratsam, Furcht und Mitleid durch die Kritik zu ersetzen, eine Katharsis neuen Typs, die aktive Haltung, die er zum Genuß macht. Die Flucht durch die abgelegenen Exile hielt den *Denkenden* in der Weltmitte; beharrend auf der plebejischen Tradition trieb er auf die kulturelle Höhenlinie, Luxus einer Ästhetik für die Künftigen. Das war der Weg eines Klassikers. Der verständlichste der Dichter stieß auf wenig Verständnis, in seinem Widerspruch bleibt er lebendig. Nach dem Abbruch der Vorstellungen sind wir wieder im Dickicht, einer künstlichen Wildnis, der Mythologie des Neoliberalismus.

»Überzeugen ist unfruchtbar.« (W. Benjamin) »Im Blick auf die Sachen selbst ist der Zeitgeist, Schauplatz der Ideologien des Tages, das Abseits.« (W. F. Haug)

Auf Papenfuß

Dem Auftreten Papenfuß-Goreks im Osten Berlins haftet von Anfang an etwas Sagenhaftes, Unerhörtes an. Verblüffend erfunden wie sein Name klingt klirren seine Worte, herausfordernd gesucht, die eines Schalks, der in der Literatur erscheint wie Ulenspiegel im Badehaus. »... zu Honnover vor dem Leintor wollt der Bader nit das, daß es ein Badstuben heißen sollt, sunder es hieß ein Hus der Reinigkeit. Des ward Ulenspiegel innen ... Ulenspiegel sprach: Daß dies ein Hus ist der Reinigkeit, das ist offenbar, wann wir gohn unrein harin und rein wieder harus. Mit dem so macht Ulenspiegel ein großen Huffen zu dem Wassertrog mitten in der Badstuben, daß es in der ganzen Stuben stank. Da sprach der Bader: Nun sieh ich wohl, daß die Wort und Werk nit alle gleich seind. Die Reinigkeit pflegt man auff dem Sprachhus. Das ist ein Hus der Reinigkeit von Schwitzen, und du machst darus ein Scheißhus. Ulenspiegel sprach: Ist das nit Dreck von Menschenleib kummen, soll man sich reinigen, so muß man sich innen sowohl reinigen als ußen ... Was hab ich für ein Dreck wohl gebadet.« Dergestalt tritt Papenfuß in den lyrischen Laden, ein Wortverstörer und Sinnentsteller, der die Verhältnisse wörtlich nimmt. Er scheint ein Schelm, der Böses dabei denkt, mit Texten haufenweise, *worin allerlei arcs steckt.* In den siebziger Jahren brachte mir Mickel drei Kladden: sieh das einmal an, es waren drei fertige Bände, nur ungedruckt. Verse voll Abersinn und Widerwitz, wir waren uns einig, hier ist ein Dichter zugange; und anders als erwartet räuspert sich der Nachwuchs. Wir kannten eine Anzahl unbekannter Verfasser, deren einige ich später vorstellte im Berliner Ensemble, Häfner, Faktor, bis die Ämter einschritten, als ich auf Namen wie Döring und Papenfuß bestand. Denn die Ämter nehmen ihn ihrerseits wörtlich, »und sie wurden sein müd, desgleichen ward er ihr auch müd«. *Furchtwein, alle Jahre Werder* und *Potsdammich*. Auch die Sprache ist parat, wir redeten ja noch in Sätzen, hier ist ein »Meister nicht-syntaktischer Grammatik«, schrieb Mickel, Chinesisch interlinear, »eine Milliarde Menschen stellt die Wörter nebeneinander und verhakt sie assoziativ«. (Der soll nach China gehn! rief Walter Ulbricht schon mir Anfangendem nach.) Es ist alles genau, aber daneben, ein verläßlicher Nonsens, der sich, wie gesagt, gewaschen hat; persilfliert. German graffities, an Mauern geschrieben, die fallen (sollen). Mickel vermerkte die Quelle der Kraft, »die Scherze der Werktätigen«, die abgekürzte Sprache der Baubuden als der soz.(usagen) Realismus. Die Maulart reagiert ohne Rechtschreibreform; unsere Basis Sächsisch, Bert kommt aus dem Mecklenburgischen her. Der Prenzlauer Berg ein Auffanglager der Dableiber und der literarischen Autonomen, der Hinterhof zwischen Protokollstrecke und Mauer, »keine Wohngegend, eine Haltung« auf elfhundert Hektar, ein Freiraum urbaner Subkultur. Hier artikuliert sich eine Generation, für die es um nichts mehr geht, die Zukunft ist gegessen und die Gegenwart tote Geschichte. Der Sozialismus ein, wenn auch für alle billiger, Witz: subventionierte Verheißung (der Aberwitz ist der Westen). Das lohnt den Einsatz nicht, und der Ausstieg ist leicht. Man muß nur die Sprache verlassen. *Ich wollte nicht Duden-konform sein, das wäre für mich gleichbedeutend mit der Akzeptanz des Strafgesetzbuches gewesen*, sagt Papenfuß. Den bewußtlosen Schlagzeilen entsagt (entzagt) er durch *sinnfielteilung*, wie um Adornos Ratschlag zu folgen, »Chaos in die Ordnung zu bringen«: *sozio-linguistik aus meinem fickwinkel / gegen imperiale sprachkonzepte / gegen konsequenz / gegen das hochdeutsche / für das niederdeutsche / in aller deutlichkeit undeutsche.* Bewußter als andere »zwangsläufige Surrealisten« (Matthies) im Kiez, nimmt er die Überdosis Worte, der Politik ist nur durch Unkontrollierbarkeit beizukommen. Er leidet nicht an der DDR, *ich habe nie an Deutschland gelitten*, er ist kein »Hineingeborener«, oder Ausgewiesner, er arbeitet an seiner *Gebärdung. In Gedichten kann man ra-*

dikal empfinden üben.
Das ist mein Leben, mit dem ich experimentiere.
Was hat Papeneck-Fußsock mit Erich Fried zu schaffen? Nichts – oder alles, es sind Antipfoten, zwei schreibende Gegensätze, der eine in schlichter, der andre in ausgeflippter Manier, bedingt und bedarft und sonderbar beide; Erichs gemurmelte minimal art, Berts ausgesprochne Suada: waren das *Gedachte*, so sind das mindestens Geduchte, jedenfalls *Ferdichte*. Zwei Seitenmoden der Lyrik nach unverwüstlichen Musterbögen, die der erklärte / der närrische Moralismus schneidet.

Der eigentliche Fall und das Skandalon Papenfuß aber: er spricht, nach dem Umbruch, noch immer mit der verstellten Stimme der angeblichen Sklavensprache, dem aufreizenden Ton der Verweigerung. Es ist wohl so, daß sich die Naturen gleichbleiben, wie übrigens lange die Zeiten, und die einen Naturen unvereinnehmbar sind. Es war ein Kalkül gewesen, die Szene zu anästhe[ti]sieren; sie hatte sich selber ruhig gestellt, »die Stasi«, sagt Lorek, »brauchte schon einige Zeit, uns als Idioten zu begreifen«. Papenfuß, der Häretiker, nur hat den rohen Frohsinn behalten. Nach Durststrecken zwar, der *Finanz-* und *Bilanzlyrik* (alles gedruckt), findet er wieder das Rinnsal der Anarchie. Zeilen sind es oft nur, wie Unterschriften (s. u.). Er stinkt noch an, er höhnt, er maultrãtiert, und, wo der Anlaß das Gefühl kältert, mit zunehmender Schärfe. Vergleichbar nur Castorfs Kontrasttheater, auf dem die hauptmannschen Waber den Protestschrei im T-Shirt eines Reisebüros skandieren: UNGER! und Schmied Wittig, eine zerknickte DGB-Fahne in der Hand, die Altersteilzeit referiert: Es lebe die internationale Solidarität! Deutschland den Deutschen! *vieldeutigkeit tiefkühl*, mit Papenfuß' Worten gesagt: *Schriftbruch, Pogromvorschau*. (Aber ein Sauwort wie Großer Lauschangriff kann er nicht überbieten.) Es ist seine zweiäugige Arglist, die die Gradhinnigen erbittert und die sie nun verabscheuern: Papenfuß, so Hartung, scheine »nur gesonnen, sein Talent zu ruinieren ... ›bastarde der bürgerbewegung‹. Geistesverlassener«, Feistes gelassener, »geistesverlassener läßt sich ein Räsonieren kaum denken. Das schielt nach Beifall und spielt mit einer gefährlichen Stimmung.« Loest: der »rote Schreibkämpferbund« von Braun bis Papenfuß, Schlamm drüber.

die evolution nagt aber auch an ihren gören.
menschenschicksal, ihr unternietzschen.
jedes richtige leere wort ist eine untat für den staat.
kommunismus holt man sich nicht
kommunismus bringt man sich mit.

Diese Notdichtung ist ein Indiz, wofür immer wir nicht wollen. Wir leben in einem Zeitalter, in dem wir weder unsere Fehler noch die Heilmittel dagegen ertragen, secht Livius. Der stereometrische Blick der DDR-Literatur, die in zwei Welten lebte, wird jetzt erst, angekommen in der ersten Welt, die die dritte wird, seine subversive Kraft entwickeln. *Vom Sprengen des Gartens*, nach Brecht und dem Grundsatz: Rückgabe vor Entschädigung: *O Sprengen des Gartens, das Grau zu ermutigen! / Grund und Boden in die Luft zu jagen! Gib mehr als genug. Und / Vergiß nicht die Parkplätze und Freiflächen, auch / Die rückübertragenen nicht, die zugebauten / Grundstücke! Und übersieh mir nicht / Zwischen den Investitionsruinen die Wiedereinrichter, die auch / Brand haben. Noch fache nur an! / Den falschen Rasen senge an, ebne ein: / Auch den nackten Boden lösche aus du.* »Der Genuß, den ich beim Betrachten«, schreibt Jünger an Schlichter über die Bilder A. Paul Webers, »empfinde, ist politischer Natur, und es gibt niemand, der die politische Neigung und den politischen Haß, den ich empfinde, auf eine Weise darstellen könnte, die der seinen gewachsen wäre. Ähnliches gab nur Kubin in seinen dämonischen Beschreibungen des Untergangs der bürgerlichen Welt. ... was bei Kubin noch Schmerz bereitet, gewährt bei ihm schon ein Gefühl von grausamer Lust. In dieser Beziehung ist er einem noch nicht verwirklichten, politischen

Zustand koordiniert, einem höchst gefährlichen Raum, der von einem unverletzlichen Auge gespiegelt wird. In dieser Ordnung aber kann von künstlerischen Wertungen im alten Sinne kaum mehr die Rede sein« – wie auch, wenn ich ausgerechnet Jünger einberufe, davon nicht die Rede ist. Der Künstler habe »heute die Aufgabe, uns zu zeigen, daß der Spaß einmal aufhören wird; die Zeit für Stilleben ist vorbei. ... Ich vermute, daß es eine Art zu malen und zu zeichnen gibt, auf die der Tyrannenmord unmittelbar folgen muß.« Meine Damen und Herren, *ein neues elend ist / wie ein neues leben.* Die ernstliche Dichtung braucht Gefahrenzulage, Schmutzzulage. Ich freue mich, Bert Papenfuß den diesjährigen Erich-Fried-Eid zu nehmen, potz Jandlitz, den Erich-Fried-Preis zu geben. Auf, Papenfuß.

DAS ENDE DER »UNVOLLENDETEN GESCHICHTE«

1. *Ein Alptraum.* Ich gehe an die Arbeit und nehme, ohne mir dessen bewußt zu sein, Kontakt zu einem *Mitarbeiter* auf. Ich wähle die Nummer eines Heims für entwicklungsbehinderte Kinder, und sofort meldet sich die Person, mit einer hellen klaren Stimme, und erklärt sich zu einem Treffen bereit. Ich fahre zu dem besonderen Einsatz mit dem Wagen und trete, ein NEUES DEUTSCHLAND als Erkennungszeichen, ins Interhotel. Bei der Begrüßung sehe ich verblüfft, daß die Person einen Ehering am Finger trägt. Das Leben ist roher und verrückter: denke ich; eben erst hat der Mann, den sie liebt und von dem sie sich, aus politischem Gehorsam, trennte, Selbstmord begangen. Die entsetzliche Geschichte ist mir von einem Mitarbeiter (den ich, um die Anonymität zu wahren, »Saint Just« nenne) zugetragen worden. Aber die Person eröffnet mir lächelnd, daß der Geliebte lebt und sie verheiratet sind. Er sitzt zuhause am Fernsehgerät und sieht ein Spiel des FC Magdeburg gegen Borussia Dortmund. Ich bin, mein Vorhaben bedenkend, enttäuscht: der Geschichte ist das elende Ende genommen. Und fühle sofort: es ist gut so; ihr Elend muß aus der Mitte kommen. Es ist die Substanz. Sie ist auf einen andern Punkt hin zu erzählen, nicht auf den Tod sondern auf das Leben. Darum, vermutlich, erklärt sich die Person einverstanden, von mir *festgehalten* zu werden, noch weiß sie nicht, wie; ich sichere zu, die Spuren zu verwischen. Ich fahre dann über eine Landstraße. Ein Frühlingstag, die Äste schlagen vorbei mit kleinen Knospen. Bäumchen wie Schwangere, die Kugelbäuche dicht am Boden: natürlich sichere ich die Spuren. Am folgenden Tag erstattet die Person (mein Mitarbeiter) schriftlich Bericht, d. h. sie schreibt die Geschichte, die ich noch nicht geschrieben habe, und aus der Geheimen Behörde geht eine *Suchmeldung* nach dem Autor heraus

mit dem Vermerk quer über das Blatt: »Unvollendete Geschichte«. Ich weiß nicht, wie er darauf gekommen ist, denn diesen Titel kenne ich noch nicht. Die Behörde leitet, ohne daß ich Unwissender ihr behilflich sein kann, meine Überprüfung ein. Zugleich hält sie den Mitarbeiter an, mir mitzuteilen, er sei nach reiflicher Überlegung zu dem Schluß gekommen, daß die bewußte Geschichte nicht die Verhältnisse in der Republik widerspiegelt und somit nicht verallgemeinerungswürdig ist. Deshalb ziehe er die Einwilligung zur Vereinnahmung zurück. Daraufhin mache ich mich an die Arbeit, also ich erwache für Momente, um meinen Traum aufzuschreiben bzw. infragezustellen. Darum handelt es sich ja bei meiner Arbeit, und diese Wachheit ist der Grund, sie zu überwachen. Unterdessen buchstabiert, in einem anderen Raum, ein anderer Mitarbeiter, der einen Namen hat (Ultn. Girod), einen *Operativen Vorlauf*, der mir in dem Alptraum wörtlich vor Augen liegt. »Es besteht der Verdacht, daß es sich bei Braun um einen personellen Stützpunkt des Gegners handelt; daß er bewußt und zielgerichtet revisionistisches und konterrevolutionäres Gedankengut vertritt und über seine schriftstellerische Tätigkeit der Öffentlichkeit zugängig machen will; daß er antisowjetisches Gedankengut propagiert und sich mit Renegaten wie Solschenizyn solidarisch erklärt. Der Braun entstammt einer kleinbürgerlichen Familie. Sein Vater soll aktiver Nazi gewesen sein.« Das ist eine Erfindung; davon strotzen die Akten: sie sind ja ein böser Traum. Er hat kein Ende, da jedes Quartal aller Unsinn abgeschrieben wird. Denn jetzt hat die Behörde einen *Beschluß* gefaßt, auf einem großen Blatt, auf dem, statt meines Namens, ein Deckname steht und der *Tatbestand*: PID. Die Buchstaben sagen mir nichts, auch nicht die Paragraphen: 106/107 StGB. Ich benutze aber meinen eigenen Namen, da er einmal bekannt ist, und gebe die fertige Geschichte einem Redakteur. Die fertige Geschichte ist tatsächlich die »Unvollendete Geschichte«. Er liest sie und gibt sie mir grinsend zurück. Nachsichtig und behutsam lege ich nach einer Weile die Blättel wieder in seine alte Hand. Er betrachtet sie jetzt ohne Brille, er weiß nicht mehr, was ihn daran erregte, und füllt mit dem Text eine Lücke in der Zeitschrift SINN UND FORM. Dicht unter ein Motto: *Alle Lebenden leben in der Unruhe eines vielleicht unnötigen Lebens.* Nur Augenblicke, und die Zeitschrift verschwindet aus dem Kiosk, wie von Geisterhand. Der Redakteur wird in das Graue Haus gerufen, wo man ihm, zu seiner Überraschung, die Geschichte zuendeerzählt. In lautem Ton, er erbleicht, er greift unter die Achsel nach der Pistole, um in den Tisch zu schießen. Aber er hat die Waffe schon abgegeben. Er gelangt ins Treppenhaus, der Paternoster streikt, und knickt in die Knie mit erschlappten Gliedern. Er macht mir keinen Vorwurf, überhaupt scheinen mich die Kollegen zu schonen, vielleicht weil sie alle mitarbeiten oder mir zugute halten, daß ich die Geschichte nicht ausgedacht habe und immerhin den Schluß offenließ. An einem Tisch, in einem Saal, sitzt eine Frau mit weißem Haar und winkt mich zu sich und sagt: Weißt du denn nicht, daß man dafür vor einiger Zeit verschwunden wäre? Ich verstehe sie nicht und starre in das zerfaltelte Gesicht. Es ist Sitzungszeit.

2. *Die Akten.* »Wenn ein Archiv Zeugnisse von der *Art* eines Zeitalters aufbehalten soll, so ist es zugleich seine Pflicht, auch dessen *Unarten* zu verewigen« (Goethe, *Literarischer Sansculottismus*). »Zwar ist der entscheidende Ton und die Manier«, womit man sich im Staatssicherheitsdienst das Ansehn einer umfassenden Informiertheit gab, nichts weniger als wahrhaftig. Die Akten sind gehudelt und fehlerhaft: und sie zeigen, wo sie urteilen, die niedrige Denkweise ihrer Verfasser. Es sind die Spitzel, die die Hosen herunterlassen; es handelt sich um eine Form von neuem Sansculottismus, »die ungebildete Anmaßung, womit man sich in einen Kreis von Besseren zu drängen ... und sich an ihre Stelle zu setzen denkt«. Das ist

das pädagogische Motiv der Beredsamkeit der Stasi-Prosa. Vielleicht ist ja »das Stasi-Protokoll, der IM-Bericht«, wie Georg Seesslen mutmaßt, »der Nouveau roman der DDR«, von *unerkannten* Autoren verfaßt. Er wird jetzt entdeckt, und fast möchte man meinen: zur offiziellen Literatur. Dagegen sind Bedenken zu setzen. Diese Berichte zu benutzen heißt, ihnen die Würde von Dokumenten zu geben. Man muß sie aber anfassen wie zur Zeit ihrer geheimen Niederschrift: mit spitzen Fingern. Es sind die Exkremente des Staatsarschs. Infam gefertigt zum Zweck der Einleitung von Maßnahmen der Überwachung und Zersetzung. Sie zitieren bedeutet, die Zersetzung fortzusetzen und die dunklen *Erkenntnisse*, mit gutem Grund unter Verschluß gehalten, als wirkliches *Wissen* zu handeln. – Es gibt aber Berichte, die geradezu selbstlos sachlich sind, sozusagen ohne Ambition geschrieben, ohne die literarische Versuchung des Gerüchts oder der Unterstellung. Das Material vor der Ideologisierung: das insofern Dankbarkeit abnötigt.

In den »personengebundenen Unterlagen«, die ich im Frühjahr 1993 in der Gauck-Behörde einsah, was heißt: deren tausende Seiten ich durchflog, ist ein Blatt durch besonders viele Signaturen ausgezeichnet: die von Hauptmann Klemer (12.11.75), Major Wild, Oberstleutnant Häbler (13.11.75), Oberstleutnant Hähnel (14.11.75), Oberst Schwanitz (15.11.75). Unterschrieben ist die »Notiz« von Leutnant Girod, der mitteilt: »Durch den Gen. Sand[t] der BV Magdeburg Abt. II/5 ... wurde bekannt, daß die im Heft 5 (Sept./Okt.) der Zeitschrift ›Sinn und Form‹ enthaltene ›Unvollendete Geschichte‹ von Volker Braun ihrem Grundgehalt nach der Wahrheit, das heißt, einen solchen Fall hat es gegeben, entspricht. Die in dieser Geschichte genannte Tochter des ersten Ratsvorsitzenden ist die Tochter eines ersten Sekretärs einer Kreisleitung der SED im Bezirk Magdeburg. Diese Frau hat ihre Geschichte dem Volker Braun erzählt« usw. Die Mitteilung mündet in Maßnahmen, darunter: »Anschreiben an die BV Magdeburg Abt. II, um ... zu ermitteln, ob eine op. Unterstützung möglich ist; um eine Einschätzung darüber zu erhalten, welche Teile der Geschichte der Wahrheit entsprechen und welche von V. Braun dazugearbeitet wurden.« Das ist eine Maßnahme der Literaturwissenschaft zur Freude; um die *Wahrheit* geht es, wenn auch im Geheimen, und die *Dichtung*. Fünfzig Blatt weiter – Häbler, Leiter der Abteilung XX (Staatsapparat, Kunst, Kultur, Untergrund), weiß inzwischen zu melden: »Es kann eingeschätzt werden, daß die Arbeiten des V. Braun links-radikale und trotzkistische Aktivitäten begünstigen« – machte ich eine unglaubliche Entdeckung. In einem achtseitigen Schreiben mit dem Signalement *persönlich*, Oberstleutnant Hille, Stellvertreter Operativ der Bezirksverwaltung Magdeburg, an seinen Amtsbruder Hähnel, las ich mit stockendem Atem: »Am 24. April 1974 wurde durch den«, folgt mein Name, »telefonisch der Kontakt zu einem IM in der Abteilung II der BV Magdeburg hergestellt. B.« (von mir ist die Rede) »stellte sich namentlich vor und teilte mit, daß er Schriftsteller sei und den IM in einer wichtigen Angelegenheit sprechen möchte.« Wen ich sprechen wollte (und wenige Tage vor dem 24. anrief, aber am 24. traf), war die von mir später »Karin« genannte Person. Die Karin der *Unvollendeten Geschichte* war also, als sie mir ihren Fall erzählte, IM: Inoffizieller Mitarbeiter; die Suchmeldung mit meinem Namen, die Oberleutnant Sandt am 26. 4. 1974 ausschrieb, enthält den *Hinweis*: Martina (den meine, dachte ich nun zynisch, Intuition verfehlte). Warum hatte sie sofort, am Folgetag, von unserem Gespräch berichtet? Welchen Grund hatte sie, über sich selbst zu informieren? Weil ich ihre Geschichte verwenden wollte? Aber sie sagte mir: sie habe schon gedacht, daß sie »das alles erzählen müsse, damit es aufgeschrieben wird!« Weil ich Schriftsteller war, ein verdächtiger Mensch? Weil sie selbst verdächtig war: in einen *interessierenden* Fall verwickelt? Mir, berichtete sie, habe sie berichtet, »um weitere Mißverständnisse auszuräumen«; hatten ihre

Berichte diesen einfachen, sehnsüchtigen, unabweisbaren Grund?

Das Schreiben Hilles enthält das Ergebnis der »Prüfung des bekannten«, mir nicht bekannten, »Sachverhalts«: den ich jetzt als Alptraum erlebte. Aber es enthält noch ein anderes, traumhaftes Ergebnis: der Prüfung der Geschichte durch die Heldin der Geschichte. »Martina« hat sie, als wahrliche Mitarbeiterin, gegengelesen und die Passagen aufgelistet, die nicht »von ihr« waren, die sie nicht geäußert hat und die nicht ihrer Meinung entsprachen. Sie verfuhr dabei sauber und fair, sie stand zu ihren Erzählungen und ließ mir meine Erfindungen. Es gab ja Sätze, die ich nicht erfunden haben konnte: so wenn die Mutter, als ihr Karin sagt, daß sie ein Kind von Frank erwarte, erwidert: Ach, jetzt mußt du auch noch ins Krankenhaus! – oder die ich nicht hätte erfinden können: wenn der Kaderleiter, der Karin abverlangte, sich von Frank zu trennen, auf ihre Mitteilung, daß sich Frank vergiftet habe, fragt: wer istn das? So kaltschnäuzig schreibt das Leben; der Autor hätte eingehalten und die schludrige Stelle berichtigt. Diese empörenden waren aber die handfesten Stellen: sie mußten mir erzählt worden sein. Vom Vater, von der Mutter, der Tochter oder dem Jungen; verdächtigt wurde der Junge. Als die magdeburger Mühlen rotierten, mußte »Martina« sich den Eltern als *Informantin* des Autors outen. Nun fiel die Geschichte, »verallgemeinert«, auf sie zurück, Anlaß, sie umzuschreiben für ihre Person. So entstand ein einzigartiges Dokument der Scheidung von Dichtung und Wahrheit; ich selber hätte beides nicht mehr auseinanderhalten können. Hille wußte, »daß der Braun im Besitz der von unserem IM besprochenen Tondbandkassette ist« (die die Mutter noch 1989 einzuziehn versuchte); »Martina« bedurfte des Hilfsmittels nicht: die Leserin, die klüger war als der Text. Und der Text klüger als der Autor, »sie dachte:« (schrieb ich, aber sie wies die Erfindung von sich), »wenn das nicht *wahr* wäre! Wenn sie diese Geschichte ausdenken würde, sie würde nie auf so absurde Reaktionen kommen... Sie würde sich sagen:« (aber sie strich die Passage), »so verhält sich der Mensch nicht... das widerspricht seiner ganzen Art.

Dinge, auf die man NIE IM LEBEN KOMMEN WÜRDE! Und doch ergaben sich noch immer die größten Wendungen in den Biografien aus so unglaublichen Vorgängen.«

Es steht im Text. Der Rest sind Akten.

3. *Opfer und Täter.* Dieses zarte und feste Wesen, der Mensch, der auf seinen Beinen steht und sich als kompakte Masse bewegt. Ein Zwiespältiger, Zerrissener, keine eindeutige Gestalt; von Gedanken zerspellt, von Begierden, ein handelndes Bündel, das eben den Verstand, die Fasern zusammenhält. Die *Wahrheit*? Die junge, schöne Frau, die ich gesehen hatte, war ein drangsaliertes Geschöpf gewesen, ein Opfer elterlicher und staatlicher Wachsamkeit, mangelnden Vertrauens. Ihr Fall war eine Liebesgeschichte, die Fabel: Eingebildete Notwendigkeit bringt bravste Leute zu rohem Verhalten, und nur der blanke Zufall kann ihnen helfen. Zwar war mir aufgefallen, daß Karin noch immer selbstbewußt, ganz ungebrochen war, und sie hatte mich eben darum beeindruckt. Welche Kraft mußte sie haben, ich mußte sie ihr abgewinnen. – Jetzt sah ich ein verführbares gefügiges Ding, eine leichtfertige Täterin im Dienstauftrag. Ihr Fall eine Stasi-Geschichte mehr. Eine Mitarbeiterin, nein, ein *Mitarbeiter* – die Vermännlichung verfremdet die Person und rückt sie in Aktenferne (»... teilte der IM dem B. mit, daß dieser junge Mann lebt, er mit ihm verheiratet ist und sie gemeinsam ein Kind haben«). Welche Schwäche hatte sie befallen, die jetzt auf mich überging. Ich sah eine andere Realität. Die eine stimmte auch, es hatte sich alles so zugetragen, aber es hatte noch eine andere Bewandtnis.

Aber dieses *Doppelleben* hatte ich ihr zugeschrieben, indem ich sie zum Opfer stilisierte und sie damit fester an ihren

Dienst band. Denn während sie ihre Opferrolle spielte, in der Fremde des Feuilletons, im Schulstoff des Auslands, *Romeo und Julia im Staat*, »das erregendste und ernsteste Stück Prosa«, wurde sie zuhause härter in die Pflicht genommen von den »vorgangsführenden Mitarbeitern«. (Oder ist auch das eine zu milde Betrachtung: und sie selbst nahm sich in die Pflicht?) Sie mußte ihre *Zuverlässigkeit* beweisen. In einem erregenden und ernsten Leben vielleicht: in dem sie, Jahre später, die DDR verließ. Noch geisterten sie durch die Medien, Karin und Frank, »zwei fest aneinander gekettete Liebende, verlassen, isoliert von der Welt, der Familie, den schönen Reden, den politischen Hoffnungen und Zielen«; zwei junge Leute, »über deren Gefühlen eine dumme, hochmütige, inhumane Staatsräson waltet«; als exemplarische Darstellung, »wie das System Menschen ruiniert«. »Slachtoffers van het politieke denken«, »Literatur gewordenes Fragezeichen über einem Staat«. Placiert auf der Bestenliste, geschmückt mit dem »Stern der Woche« des Abendblatts. Noch sah ich Karin mit Unbehagen zu, wie sie drüben ihr Wesen trieb in Raubdrucken und Dissertationen, während sie hier nicht *erscheinen* durfte. Noch redete DIE WELT, die eine Zeitung ist, von der »Prosa über die Praktiken des ›Ministeriums für Staatssicherheit‹«, und die Sender säuselten vom Ungeist, der »Millionen Menschen von einem Teil des Landes in den anderen flüchten ließ«. Da war sie schon selber, wie ein Geist, hinübergelangt; ich hatte gedacht: weil sie nun doch die ganze Schwere des Vorgangs erreichte und sie nicht mehr aus dem Tal kam, in das ich sie geführt hatte; jetzt dachte ich: in welchem Auftrag? Opfer und Täter, in welcher unentwirrbaren Verwirrung? welcher unerklärlichen Klarheit.

4. *»Konspirativer Realismus«.* Meine Arbeit, die sogenannte »schriftstellerische Tätigkeit«, war die *Zuspitzung im Sujet*, ein gefährliches, aber in unserem Beruf übliches Mittel. Es

dient dazu, die Wahrheit in Dichtung zu verwandeln, in die Erfindung, die nur um so glaubhafter wird. Außer für die in der Wahrheit befangenen wirklichen Personen und Berufsstände, denen wir zu nahe treten... Karin erkannte die Veränderung, die mit ihr geschehen war in den »hinzugefügten Passagen« und nicht nur dort; Hille hielt es fest: »Neben diesen Passagen gibt es eine Reihe von Formulierungen, die die getroffenen Aussagen des IM in negativem Sinn verschärfen.« Das war (in der Sprache der Sphäre des Verdachts) die Folge der *Bearbeitung* des Stoffs. Ich ergriff eine Reihe künstlerischer Maßnahmen, um die Personen zu beeinflussen und zu Aussagen zu bringen. Der wichtigste Trick war die Isolierung Karins; es war ihr ja tatsächlich untersagt, über den Fall zu reden, weil er eine »geheime Sache« war. Nur ich wußte, daß sie durch das verschärfte Verbot erst recht ins Grübeln kam; darum billigte ich die Maßnahme; und da sich die Person nicht *äußern* konnte, wurde im Innern etwas ausgelöst, der schmerzhafte, abschüssige Denkprozeß. Die wirkliche Karin hatte sich bei unserem Gespräch sehr selbstbewußt gezeigt, keine gute Voraussetzung für mein Vorhaben, es war Zersetzungsarbeit zu leisten. Natürlich hatten andere vorgearbeitet und ihre Beziehungen unterbunden und sie dem Einfluß des Elternhauses entzogen. Aus ihrem Kinderglauben war sie ohne mein Zutun gefallen, ich hatte für den Absturz in die Tiefe zu sorgen, aus der sie sich vielleicht nicht wieder herausrappeln könnte. Die Frage mußte offenbleiben. Mit allen verfügbaren Kräften sondierte ich dieses *Tal*. Die Tiefe der Erkenntnis, in der ich mich mit ihr treffen konnte. Wo ich die Erschöpfte am Ende liegenließ. Es war meine Strategie, sie in die Krise zu führen. Für Frank waren diese harten Methoden ungeeignet; der Bursche war allzu ungefestigt, ich ließ ihn am Tropf, ich behandelte ihn sparsam. Und ironisch, wie wir mitunter sind, gab ich dem Bewußtlosen erst zuguterletzt das Bewußtsein zurück. Er nützte mir mehr in dem hilflosen entsetzlichen Zustand (von dem etwas zurückbleiben würde, bei ihm, oder *bei uns*). Mit dem Vater mußte ich vorsichtig umgehen, obwohl ich ihn, auf einen Rat hin, aus dem Partei- in den Staatsapparat versetzte, er war nun Ratsvorsitzender; aber ich erlaubte mir ihm gegenüber dann doch eine Kühnheit, während er in der Kneipe saß: »es sei mit ihm was vorgegangen« (die Mutter verstand es nicht), »er sei zu etwas fähig, was sich keiner denkt!«

Es gab noch einen anderen Zugriff auf den Vorgang. Das an sich trostlose Material, ein Dutzendfall, ließ sich aufladen mit politischen Ideen, wenn man an ihrer Isolierung kratzte. Sie mußten mit den Personen verbunden werden, der Landschaft, der verschmutzten Elbe. Sie mußten sich messen lassen an der Spannung, die entstand, wenn sich der Fluß stinkend in den Ufern wälzte, eine dreckige Metapher. Wenn das Vertrauen aufgebraucht war in den feigen Ritualen. Man kann das die *Politisierung* nennen, was hieß: ich zeige, daß der Feind am Werk ist, der wir selber sind. Das Politische ist nicht gleich das Menschliche, »das mußte sich widersprechen«, nun wurde es ein *unmenschliches Geschehen*. »Es ist nicht abwegig, wenn man Volker Brauns Erzählung unter das Motiv ›Mißtrauen‹ stellt, und zwar im bewußten Gegensatz zu Anna Seghers' Roman ›Das Vertrauen‹.« (Information, streng geheim, Nr. 1041/75). Politisch, wie ich die Sache nahm, die Personen *belastend* (mich), unterstellte ich Karin, daß sie die »exotische Versuchung« spürte, »sich vom gesellschaftlichen Leben abzukehren... Und in die bekannte Gleichgültigkeit zu fallen«. Mißtrauen war angebracht; wir wußten ja, »was das für Gedanken waren. Es war ein Selbstmord, nicht des Körpers, sondern des Denkens.« Ich würde sie überführen, die Leblose zu dem Leblosen, oder sofern sie sich noch regte *überwachen*. Bis in den Schlaf, bis in den Traum, der jedem anderen Informanten verschlossen bleibt... ich schrieb ihn auf, denn ich kannte die Person – das war die Kunst, es war mein eigener Traum, in dem sie plötzlich die Lösung sah. Die Loslösung aus den Verstrickungen, die subversive Losung GLEICH-

HEIT. Der Traum, in dem der Aufstand stattfand, der Aufstand, der ein Traum war. (Als die Erzählung 1990 von Frank Beyer verfilmt wurde, sollten Dokumentaraufnahmen verwendet werden von den Demonstrationen in Leipzig, Material aus der Wirklichkeit, dem *traumhaften Moment* von 1989. Das wurde, nach dem Erwachen, nicht realisiert. Aber er bleibt in der Erfahrung deponiert, wie der Sinnkern im Text, das geheime Zentrum.) Es gehörte zu meinem konspirativen Vorgehen, daß Karin am Morgen von nichts mehr wußte und bestürzt nachdachte, »was es gewesen war«, was sie gewußt hatte und das ihr »für das ganze Leben reichen würde«, und sie kam nicht darauf. »Konspirativer Realismus« nannte ich das Verfahren ironisch im *Hinze-Kunze-Roman*. Denn alle diese operativen Maßnahmen dienten dem Zweck der *Aufklärung*: aber nicht in der Hoffnung, den Vorgang abzuschließen, sondern paradoxerweise ihn offenzuhalten und überhaupt in Gang zu setzen. Man kann von einem operativen *Vorlauf* sprechen. Der Titel auf dem Deckblatt verriet die Absicht, der Deckname »Unvollendete Geschichte«: der nicht nur Karins und Franks Geschichte meinte, auch die GESCHICHTE, den Kontinent der Kämpfe, auf dem gilt: Le mort saisit le vif. *Histoire inachevée* hießen die Soireen in Strehlers Théâtre de l'Europe in Paris 1984, in denen Karins Traum vorgetragen wurde. Der Entwurf einer Parteiinformation vermerkt: »›Die unvollendete Geschichte‹ (oder wie in Diskussionen gefragt wird ›Die unvollendete Revolution?‹)«.

5. Kontext. Verbandszeug, 1981.

Wohin trottest du, Freund? / Zum Haus des Verbandes. /
Was liegt an? / Versammlung, Kollege. / Ich eile;
Und worüber streiten sich heute die Meister
Einmütig? / Übers Erfassen der Realität. /
Wessen? / Der Realität. / Ah ja richtig

Das fehlte uns noch. / Du kommst mit? / Man weiß halt so
wenig
Man faßt es nicht, und dann kommt man nicht richtig zum
Ende
Sag ich dir, dabei haß ich die unvollen-
Deten Geschichten! /Die werden wir fertigmachen. /
Ich sagte, ich eile.
Wir gingen ins Haus
Er auf das Podium, in die Sauna ich.

6. *Wir Mitarbeiter.* So bewußt ich den Stoff auflud und befrachtete, die schärfste Zuspitzung war mir verborgen. Das Schlimmste konnte ich nicht wissen / wollte ich nicht denken. Ich hatte Karin *verwandelt* – aber ihre Verstellung nicht geahnt; der nicht geheure Text verfehlte die ungeheure Tatsache. Sie war die Fracht, die Ladung, die das Boot (der Liebe) hätte sinken machen, und der ahnungslose Film, mit dem Mehrwissen gedreht, hätte allen Charme des Mitgefühls verloren: wie das Land. Jetzt sah ich meine geheime (mir nicht bekannte) Schuld: daß ich das Land verteidigt hatte gegen die schlimmste Auslegung, die es erlaubte (und nicht genehmigte), gegen die härteste Erkenntnis, seiner absurden Existenz. Ich war ihm offensichtlich, den rohen Vorgang schreibend, verbunden geblieben, wie »Martina« ihm verbunden blieb ... in einer *Mitarbeit* in ihm, und im Geheimen sozusagen, in meiner Brust, in meinem Glauben: nicht unbedingt im Text, der wie gesagt die konspirative Arbeit war. Eine Zugehörigkeit band mich an die Sache, die ich angriff; öffentlich kritisch und innerlich versöhnt. Das lag daran, daß wir die *Wahrheit* hatten, die nur erst Dichtung war, die BESSERE WELT; aber dichten hieß, die Wahrheit leugnen. Der Wahrheit schaden, schwieriger Beruf. Sie sollte sich ja erst behaupten. Aber auch den Sozialismus, der *unglaubwürdig* wurde, verteidigte ich insgeheim um der Wahrheit willen, die er nicht war: er zwang sie zu

denken. Er zwang sie zu zerstören. Das war eine verlorene Position, nur im Text zu halten. »Ich seh etwas / Das du nicht siehst, Genosse, das sieht grün aus / Wie der Wald, der aus den Knochen wächst / ... / Den einen Fehler, der den Bau zertrümmert / Bis in den Grund« (*Machu Picchú*, 1976). »Die Grenzen, die sich nachziehn ... / In den Staat, gekränkt der ganz von Stufung / Die Seuche an der unsre Macht krankt und / Sie zum Gespenst macht das auf Mauern geht« (*Großer Frieden*, 1976). Der Text auf dem Theater: denn es war Konspiration für die *Öffentlichkeit*, und so mußte ich »im Interesse der Arbeit«, der Veröffentlichung, mitarbeiten, unauffällig, »zuverlässig«, »ehrlich« wie ein Spitzel, die Zweifel des Zensors zersetzend, angesetzt auf den Staat. Die schmutzigen Tricks, die Legenden waren mir geläufig bei der Feindberührung. Der Text wurde ja waghalsig und radikaler. »Es war wie eine Sucht, sie berauschte sich« (Karin) »an dieser Aufrichtigkeit, der schonungslosen Wahrheit.« Ich habe, parodistisch, von gefährlichen Operationen gesprochen unter meinem vorgegebnen Namen, *Büchners Briefe* auf der Deutschen Post, mit dem Gutachten Hofgerichtsrat Noellners: »Bearbeitung des Volkes zu allmählig fortschreitender Auflehnung gegen die Staatsgewalt«. Ich spreche jetzt von etwas Schlimmerem, der Anlehnung an die Gewalt, von meiner eigenen feigen Verstellung. Ich erinnere mich an eine Szene: in einer Versammlungspause im Schriftstellerverband zog mich Anna Seghers, die mich eben in Schutz genommen hatte, an ihren Tisch und sagte leise: »Weißt du denn nicht, daß man dafür vor einiger Zeit verschwunden wäre?« Ich dachte: was hat sie für Gedanken in ihrem Kopf? wenn sie schreibt; welche andere Erfahrung, welche Angst? Ich tat, als begreife ich nicht. Ich kannte keine Angst. Ein schwummriges Gefühl, in Moskau, wo die GESCHICHTE gemacht wurde; ich wußte nicht und ahnte (was ich jetzt weiß), daß sie *Trotzki* kannten aus der Expertise »Saint Justs«. Ich war ein Verräter und *Genosse*, geschirrt in die Geschichte von Absichten und Rücksichten. Von Hoffnung auf den *Sinn der Sache*. Absurde Gefangenschaft, die die Bedingung des Schreibens war, des rücksichtslosen Texts. Die Akten lügen / belegen es (Information vom 4.5.1976): »Braun behauptet von sich selbst, daß er kein Schriftsteller ist, sondern daß ihn [!] die schriftstellerische Tätigkeit die einzige Chance gibt, sein Gedankengut... zu veröffentlichen... wenn er wirklich das schreiben [?] sollte, was er denkt und wie weit er mit der politischen Entwicklung schon gekommen ist, dann würde er zwangsläufig hinter Gittern landen. Soweit die Aussagen von« (geschwärzt). Opfer und / oder Täter, nicht sie, meine hoffnungslose und hintergründige Heldin, ist der erschreckende Fall, sondern ich, die insgeheim hoffende Person. Noch als ich fertig war mit der Gesellschaft und sie »mitleidlos« sah, *schrieb ich sie nicht ab*. Ich beschrieb ihren Untergang.

Jetzt trat ich aus der Geschichte, die eine Tatsache war, eine Täuschung, ein Traum, in die absurde Freiheit.

7. *Vollendete Geschichte.* Unter dem Titel »Unvollendete Geschichte der unvollendeten Geschichte. Zur (späten) Buchausgabe von Volker Brauns Erzählung« schrieb die Süddeutsche Zeitung am 1. Dezember 1977: »Die Geschichte der ›Unvollendeten Geschichte‹ können wir nicht vollenden. Wir können ihr nur ein weiteres Kapitel anfügen – und das wäre ein sehr trübes... wenn es bestätigte, worauf die Unterdrükker dieser Erzählung spekulieren mögen: daß wir sie ignorieren.« Die Kopie in den Akten ist gegengezeichnet: Girod. Das Buch erschien in der DDR 1988. Aber die Geschichte hat sich selber vollendet, auf makabre Weise, als die Akten zu erzählen begannen. Als ich den Ausgang nicht mehr wissen wollte. Als nicht einmal der Anfang mehr richtig war. Als die aufgegriffene Figur, in ihrer eignen Handschrift, unbegreiflich wurde. »Am Schluß sind die Liebenden nach grausamen Prüfungen zwar wieder vereint« (Neue Zürcher Zeitung, 22. Februar

1978), »aber alle Beteiligten erscheinen nach den Ereignissen irgendwie versehrt, Täter wie Opfer ziehen die Spuren systembedingter Unmenschlichkeit hinter sich her.« Das war ein vorläufiger Schluß, jetzt erst kam das Finale, und alle Beteiligten, Autor und Leser, sind versehrt nach den Ereignissen der GESCHICHTE.

Denn auch sie ist zuende, und ver*siegt*, infolge des *einen Fehlers* (und aller anderen), »versunken ganz / Ins Nichts hinweg«, eine Elbversickerung. Sie kam zum Stillstand, als das Volk mit den Füßen abstimmte gegen die Wahrheit und einen Augenblick der Dichtung genoß. Fantastisches Innehalten, als galt es, über das Ganze zu befinden. *Die Wende* (Beijing, 1988): »Dieser überraschende Landwind / In den Korridoren. Zerschmetterte / Schreibtische. Das Blut, das die Zeitungen / UND DER RUHM? UND DER HUNGER / Erbrechen. Auf den Hacken / Dreht sich die Geschichte um / Für einen Moment entschlossen.« Genau das haben wir dann erlebt: daß sich die Geschichte wie auf den Hacken herumdrehte und daß es auch nur ein Moment war, in dem es unsre eigene Bewegung war. »Auf einmal kam, wenn auch wie immer in der Geschichte nur für kurze Zeit, die kreative Seite der Widersprüche doch noch hervor, richtiger: sie wurde hervorgeschleudert.« (Christa Wolf) In dem kurzen Herbst der Anarchie, als die Ämter geöffnet, die Geheimzentralen besetzt, die Armee der Macht entkleidet war. Die Akteneinsicht nur der bürokratische Aspekt des Festes, das Volk in Anspruch genommen von der *Firma*. Während andere Dinge untergründig geschahen, elementare Veränderungen, die dem Ganzen den Boden entzogen und die Fabriken. Während der Westen wegen all dem keinen Aufstand machte, sondern siegte. Das war die Pointe dieser Geschichte, das paradoxe Ergebnis: am Ende hatten wir *ein Ziel vor den Augen*, das unerreichbar war. Den Anfang, als er das Ende war. Die aussichtslose Alternative. Die solidarische Gesellschaft.

Denn es lief längst eine andere Geschichte.

ES BLEIBT DIE UNVOLLENDETE GESCHICHTE. EIN NACHTRAG

Bei näherem Hinsehen (in die Aktenferne) bin ich zu weiteren *Erkenntnissen* gelangt. Ich habe in dem Bericht über »das Ende der Unvollendeten Geschichte« davon gesprochen, mit der halben Wahrheit operiert zu haben: die ganze setze der Geschichte ein makabres Ende. Es ist wahr, die von mir Karin genannte Person ließ sich als IM »Martina« verpflichten, mit dem Auftrag, »die Verbindungen des Verdächtigten«, von mir Frank genannten, zu kontrollieren. Sie hat sogar Frank selbst, ihren Mann, als IM (»David«) geworben: vielleicht, um seine Integrität dem Goliath Vater und Staat zu bezeugen. Sie haben aber beide, erkenne ich jetzt, diesen Dienst quittiert, relativ rasch, und absolut kompromißlos. Sie haben, der Bevormundung und Einschränkung überdrüssig, die Republik verlassen; ich fragte in meinem Bericht roh: in welchem Auftrag? Die Frage war irrig (wie die Antwort, die heute auf unser Leben gegeben wird; Demontage und Dämonisierung sind die nihilistischen Moden). Sie gingen von selbst. Wenn ich einst nicht das schlimme, so hatte ich dann nicht das gut Mögliche gesehen. Obwohl mich doch das Tapfere, Selbstbewußte an Karin beeindruckt hatte – das ihr Teil blieb in der inoffiziellen Bindung und ihr ermöglichte, sich aus der Verstrickung zu lösen. Es hat sie vermocht, zu Frank zu halten und ihre Liebe, ihren Anspruch zu behaupten. Davon handelte aber jene Erzählung, auch wenn ich die biografischen Winkelzüge nicht wußte und, den Tiefpunkt schon setzend, den Aufbruch vorwegnahm; es war ebendas, zusammengedrängt, ihre wirkliche Geschichte, die sich erst Jahre später zutragen würde. Die ahnungslose »Unvollendete Geschichte« war in einem tieferen Sinn wahr; und der Kritik meiner Freunde, mein Nachbericht sei eine *Selbstvernichtung*, kann ich nun gemut nachgeben. Ich schrieb ihn mit dem Mut und Übermut des Autors, der alles dahinstellt, weil nur in dem radikalen Schluß ein neuer Anfang liegt. Aber ich hatte nicht recht, auf unsere *absurde Existenz* zu schließen (wenngleich es in einer Hinsicht gilt: dem Widerspruch zwischen Volkseigentum und Verfügungsgewalt), gerade die utopischsten Züge des frühen verfehlten Sozialismus wirken als Herausforderung fort; und es gab eine Substanz der Selbstbehauptung, der wirklichen Arbeit und Qual. Darum liegt das Gewesene nicht hinter uns in wesenlosem Schein. Darum bleibt es die »unvollendete« Geschichte.

TRAUMTEXT

Ich sitze zwischen fast leeren Stuhlreihen in einem Theater- oder Kinosaal, gewohnte Dunkelheit, auf der Leinwand läuft der Abspann, eine Folge von Losungen über den Köpfen einer Menschenmenge ANGEHALTEN VON EINER KATASTROPHE / EINER EINSICHT. Ich warte im Sessel haftend auf die Fortsetzung des Geschehens, das gerissen ist oder falsch eingelegt war (ich mache diese ironische Bemerkung zu meinem Nebenmann), während die Türen entriegelt werden und meine Nebenfrau sich erhebt und die Zuschauer von ihren Logenplätzen finster hinausdrängen, als hätten sie genug gesehn und keine Geduld mehr mit dem Vorführapparat. Ich versuche mich aufzurichten, um teilzuhaben an dem Spaß, ich habe ja nie den Film als solchen angeschaut, sondern die Wirkung, die er hervorrief, Verwirrung oder Empörung, genossen. Aber es gelingt nicht, das Bild der Menge, indem es verlöscht, bannt mich fest, die Glieder schwerelos, unempfindlich gegen die kalkige nasse Luft, die von der Leinwand herweht. Über die Stuhlreihen sind jetzt, wie bei den Proben, die langen grauen Bahnen gespannt, von Sand bedeckt ähneln sie Schützengräben. Es lehnen noch Gewehre an den Böschungen. Eine Platzanweiserin sucht mein Gesicht mit der Taschenlampe, und ich nehme zufrieden wahr, daß ich vielmehr sie erkenne, eine blonde schöne Person aus der Rungestraße, sie ist neunzehn Jahre. Handelt es sich um ein Verhör, das eine intime Verabredung ist, die ein Verhör ist, oder um meine Hinrichtung, MITGEGANGEN MITGEHANGEN, wie will ich beweisen, daß ich nur Zuschauer war. Die Zuschauer haben längst den Saal verlassen. Ich werde aufgefordert, von der rohen Jugend, mich auszukleiden, was ich umständlich beginne, während sie sich auf meinen Schoß setzt ihr junges Gesicht mir zugewandt und die nackten Arme auf meine Schultern legend. Sie gibt mir, ohne den Mund zu öffnen, zu verstehen, daß ich noch einen Wunsch frei habe. Meine spontane Antwort quittiert sie mit einem Lächeln, aber augenblicklich wird mir bewußt, daß ich den Ernst der Situation nicht erfaßt habe. Da vorn ist die Geschichte zuende, und hier in der siebzehnten Reihe gebe ich *irgendetwas* von mir. Das Gefühl, daß sich das Leben in Pornografie verwandelt, oder was ist das, wenn keine Kämpfe mehr stattfinden. Auf die Gefahr hin, unhöflich zu sein, frage ich mich, was eigentlich wünschenswert wäre. Die üblichen Wünsche, Nr. 1: daß es die Geschichte gar nicht gegeben hätte. Nr. 2: daß sie noch nicht begonnen hätte. Nr. 3 – die ausgefallenste Hoffnung –: daß die Geschichte weiterginge. Daß *die Bilder laufen lernten*. Denn jetzt würde sie mich, nach ihrem Ende, wirklich interessieren. Die junge Frau liest mir aber einen anderen Wunsch von den Lippen ab und bewegt sich ruhig auf meinen Knien, und das ist jetzt meine Verabredung oder meine Hinrichtung, in die ich einwillige, und zugleich empfinde ich Furcht vor dem Moment, in dem es (auch das) vorbei ist. Ich starre auf die Leinwand, sie ist ein heller Himmel, die Öffnung einer Grube. Ich werde jetzt alles von dieser Seite sehen, von jenseits sozusagen, denke ich mit ungewisser Freude: unten drunter und doch am Leben. Vielleicht wird die Geschichte rückwärts laufen. Vielleicht bleibt eine Lücke wie in meinem Bewußtsein. Vielleicht wird der Sand, der jetzt hereinstiebt unter irgendwelchen Schritten, mir die Sicht nehmen und den Mund schließen. Das ändert nichts an der Gier, mit der ich den Fortgang erwarte / fürchte. Dann höre ich aufatmend das Einsetzen der Schüsse des einsetzenden Films und wundere mich nach dem ersten Treffer über das Ausbleiben des Schmerzes. Nach dem zweiten oder dritten Treffer erwache ich, in der ungewohnten fantastischen Gewißheit eines neuen Tags.

DER PARADESOLDAT

An einem drückend warmen Sommerabend sahen wir in der bretonischen Stadt Rennes auf der Place la Marie, auf der im Karree die Paradetruppen aller Waffengattungen in ihren bunten Uniformen angetreten waren und, vor einer Tribüne mit Ehrengästen, Beförderungen ausgesprochen wurden, einen Rekruten mitten in einem Trommelwirbel zusammenbrechen. Zwei Capitaines, die hinzutraten, befahlen lautlos, ihm das Bajonett abzunehmen und den Tornister, und führten ihn, auch des Oberkleids entledigt, aus dem Glied. Wir blickten für einen Moment in sein fahlweißes Gesicht; ihm war bei den monotonen Reden, den Kommandos, dem ganzen Zeremoniell, für das sie gedrillt worden waren, und / oder in der Wärme schlecht geworden. Die Kameraden nahmen kaum aus den Augenwinkeln Notiz, sie standen stramm, die rohen kantigen Bauerngesichter auf die Generäle gerichtet, was für Gesichter, den rohen entblödeten Gesichtern der deutschen Unfreiwilligen gleich bei ihren Einsätzen. Es war, fiel uns ein, der Vorabend des 14. Juli: des Nationalfeiertags der Grande Nation, an dem er versagte und abgeführt wurde an der Menge vorbei, während die Zeremonie mit Getöse weiterging. Sein Verhalten schien uns auf einmal beispielhaft; als ertrüge er nicht den Stumpfsinn und den Gehorsam, als widersetzte sich seine Natur dem Reglement. Niemand klatschte, niemand gab ein Zeichen des Beifalls, aber daß ihm schwarz vor Augen wurde, zeichnete ihn in unseren Augen aus. War sein Mißgeschick nicht geradezu mustergültig? War er nicht ein Deserteur: nur daß er rechtzeitig, vor der Einberufung ins Feld, die Kurve kratzte? Man hört von den Debatten über das sogenannte *Stehende Heer*: er *fiel um*, und nicht erst im Kugelhagel, beim Giftgasangriff, im verstrahlten Gelände. Er hielt nicht durch von Anfang an. Es fehlte ihm offenbar jene Eigenschaft des berühmten *Statuenmenschen*, des verschütteten Soldaten von

La Ciotat, völlig unbeweglich, in unerschütterlicher Ruhe zu verharren (wie es jetzt auf Jahrmärkten vorgeführt wird. In St. Malo trafen wir auf einen weißbestäubten Mann, ein Bäkker scheinbar angesichts der Mehlpreise: reglos am Stadttor, und nur der Griff nach den ihm hingeworfenen Centimes hätte ihn aus seiner Starre erweckt.). Dieser hier schien ein Kamerad einer anderen Armee, von Kampfunfähigen, von Friedfertigen, von Ohnmächtigen; von Männern ohne Materialwert. Auf diesen, dachten wir, kam es an, und nicht in den kommenden Kriegen. Jetzt, da die Kommandos gegeben werden und wir die Regeln lernen und unsere Pflicht erfüllen. Unbewußt (weil ihm übel war) gab er eine andere Weisung, uns habachtlosen Leuten, die doch antreten morgens, Augen geradeaus. In unseren willfährigen Berufen, mörderischen Jobs, bei denen wir nicht die Nerven verlieren. Die wir eine ungerechte Welt bewohnen, ohne zu erbleichen. Die wir die Schreckensbilder der Kontinente sehen, ohne das Abendbrot zu erbrechen. Die wir am Straßenrand das rostige Lob der Macht ertragen. Er war für uns der Held, oder doch ein Geheilter, der mit gesenktem Kopf den Platz verließ. Die Menge wich einen Schritt zurück, als wenn sein Zustand ansteckend wäre, und die Soldaten, Haufe für Haufe abmarschierend hinter ihren Schleifern, sahen danach wie Geschlagene aus, Versprengte, nur mit uns Verlorenen verbündet.

DIE RÄUMUNG ODER: DAS PHILOSOPHISCHE EREIGNIS

Denis, ich muß Sie von den Vorgängen in Ihrem Haus unterrichten. Ich lief heute, aus lieber Gewohnheit, durchs Palais-Royal in die Rue Richelieu, meinen Anstandsbesuch zu machen: und fand Ihre Fensterfront eingerüstet, ein riesenhafter Anschlag verkündete ein Städtisches Programm zur Umwandlung von Büroflächen in Sozialwohnungen. Das Tor stand offen, BETRETEN VERBOTEN, Gelegenheit, Ihnen nahe wie nie zu kommen! Ich trat ein, im Hausflur Zementsäcke, Kabel, Bretterstapel. Ich stieg die dreckige Treppe hinauf in die 2. Etage: Ihre Wohnung eine Baustelle. War ich beklommen eingedrungen, sah ich nun mit dem Recht des Freundes herrisch um mich. Was ging hier vor? Frisch aufgemauerte Zwischenwände, Stahlrahmen für neue Türen. Ausgehobne Dielen, herausgezerrte Eingeweide. Ein barbarischer Eingriff ins Hergebrachte. Und das Ihnen, der sich nicht von seinem alten Hausrock trennte! Neumodische Installationen; auf dem Gang stand eine Badewanne, in das düstre Gehäuse implantiert. Ah, gegen die technischen Neuerungen hätten Sie nichts einzuwenden, und Bequemlichkeiten lassen sich schwer von der Schwelle eines Philosophen weisen. Aber das war der rücksichtslose Geist der Modernisierung, der sich in Ihrer Wohnung aufführte, mit seinem, Sie sagten es, unseligen Sinn fürs Passende, mit seinem guten Geschmack. *Fürchtet die Schläge des Reichtums!* o Diderot, Sie wußten, *welche Verwüstungen der Luxus anrichtet.* Nichts gegen neues Leben in der Bude, aber wenn es die Spuren des alten auslöscht, empört sich mein Blut.

Es ist Sonntag, die Bauarbeiter sind zugange, ich rief einen Polier im Parterre an, der mich auf mein unbefugtes Dasein hinwies, es gelang mir, mich als Ihr Bekannter zu legitimieren, der sich eben Zutritt verschafft. Wir gingen in den Salon, auf dessen hohe Fenster ich sonst von außen geblickt hatte – und ich stand in dem Heiligtum, einer offenbar ausgezogenen Gottheit. Sie hatte nur Kalk und Staub hinterlassen. Der Polier zeigte in die Zimmerecke, wo die Holzvertäflung aufgebrochen war, jetzt lugte das 18. Jahrhundert vor, um wieder verkleidet zu werden. Damit sich, Sie ahnten es, mein Freund, *die bescheidene Stube des Aufklärers in das auftrumpfende Kabinett eines Steuerpächters verwandelt.* Denn für wen wohl, für welchen Bedürftigen und Sozialfall, wird die Remise gerichtet? Wem greift die Stadt Paris hier unter die Arme unter der Hand? Sie bedient, selbstredend oder -schweigend, eine »Person von Verdienst«, den bekannten Sohn eines Ministers bzw. den Sohn eines Bekannten des Ministers, ein Deal unter Parteifreunden. Ich hoffte, Sie könnten hereintreten, um Zeuge zu sein, die schmale verborgene Treppe herunter, über die Sie gewöhnlich, durch die Wand, in das geheime Gelaß entschwanden. Der Nachmieter wird sie nutzen.

Denis, es ist nicht nur das. Geräumt wird überall; Berlin weicht den Baggern, ich sitze seit Jahren im Bauschutt, die unbekannten Minister warten auf Wohnraum. Sie trauen sich! sie werden kommen, der Staat wird sie schützen mit Bannmeilen, Bannkilometern. Die Räumungsklagen werden wirksam, und nicht nur in den Immobilien, auch in den mobilen, unfesten Gebilden des Geistes. Den Behausungen des Bewußtseins droht die Abrißbirne. In Frankreich wurden vorsorglich die Fundamente unterminiert, von jenen neuen Philosophen, die dem neuen Denken aus Rußland nicht zuhören mochten, so vergingen die einen mit dem anderen; jetzt dankt in Deutschland der Geist in Gänze ab. D. h. er macht anderen Vorstellungen Platz, anderer Eigentümer, sie nennen es *Modernisierung des Denkens.* Man räumt die Erfahrung ab (sie war schlecht), man entsorgt die zerschlissene Geschichte, Rollrasen Unter den Linden. Es ist kein Entzug im Geheimen, es ist ein Ereignis. Die Medien sind voll und freuen sich der Verwüstung. Sie machen, im Moment der Räumung, eine

Entdeckung, die sie erschüttert: daß die Lehre, der Mensch sei von Natur aus gut und es rühre von der gesellschaftlichen Einrichtung her, wenn er verbogen werde, ein Irrtum war: wie der Wunsch, er werde, wenn die Einrichtung verändert sei, erst eigentlich Mensch. Das war die Meinung Rousseaus, Ihres anmutigen Zeitgenossen, und meiner ungemuten Genossen! »Hier«, schreiben die Journale, »steckt der Grundfehler der ganzen Ontologie des Noch-Nicht-Seins und des darauf gegründeten Primats der Hoffnung. Die schlichte und weder erhebende noch niederdrückende, aber allerdings in ehrfürchtige Pflicht nehmende Wahrheit ist, daß der ›eigentliche Mensch‹ seit je da war... in aller von ihm unzertrennlichen Zweideutigkeit. Diese selbst beheben wollen heißt, den Menschen in der Unergründlichkeit seiner Freiheit aufheben wollen.« In dem Moment, der Erschütterung während der Räumung, dieser Kommune, als sie nicht wissen: wozu dann die ganze Geschichte, bereden sie sich, daß die Geschichte nicht gilt, weil sich der Mensch gleichbleibt. Der Weltverbesserer, der Kommunismus, hat auf Sand gebaut. »Insofern«, steht im nächsten Blatt, »könnte sein Zusammenbruch ein philosophisches Ereignis sein. Denn philosophisch nennt man Ereignisse, die uns zwingen, unser Bewußtsein zu berichtigen.«

Der Satz, es gelte alle Verhältnisse umzuwerfen, in denen es Elende und Verlorene gibt, könne nicht stehenbleiben. Die Radikalkur helfe nicht. Es werde immer den Bodensatz geben.

Dies trägt sich, Diderot, in unserm Gebäude zu: Poliere, zu Philosophen geworden, kehren den Aufkläricht hinaus. Sie spotten ihres Handwerks, menschenwürdig: ein Witz, und werden Baudesigner. Die *Einrichtung* ist beliebig, hoffnungslos neu. Der Mensch verdient es nicht anders. In der Rue Richelieu, in der Wolfshagener Straße. Er darf SCHÖNER WOHNEN, aber nicht besser. Der eigentliche Mensch und Mieter in seiner Zweideutigkeit, die wir nicht beheben.

Sie lächeln, mein aufgeräumter, mein ausgeräumter Freund.

Der Mensch? Es geht um den einzelnen. Es geht um den einzelnen, aber doch nicht darum, ihn zu ändern! – Wer hört auf Sie. Gehn Sie nach Versailles, wo Obdachlose das Schloß besetzen! Denkmalgeschützt, vor den Knarren der Polizei. Sie hat das alte Bewußtsein, sie weiß, wovon wir reden, von einer menschlichen *Gesellschaft*. Muß der Mensch, und sei er seit Sumer gleich, die immer gleichen Verhältnisse kosten? Sie weiß, was wir träumen: eine Gesellschaft, die Raum hat, Handlungsraum für jedes einzelnen unergründliche Freiheit. Sie steht bewaffnet bereit.

Sie wird es erleben, das philosophische Ereignis, die Polizei, wenn die Völker zu denken wagen.

Wir aber, Philosoph, gehn auf das Feld der Niederlage, wo unser Brot wächst.

EIN ORT FÜR PETER WEISS

Kann ich den Ort nennen, von dem aus ich schreibe. Man wird mich aufspüren wollen, umzingeln und festhalten, ich müßte mit Reportern, mit den Behörden verhandeln und mich rechtfertigen. Unvermeidliche Mißverständnisse, dabei ist es ein unbewohnter Ort, ich kann ihn, ehrlich gesagt, nicht buchstabieren, und ich bin nur versuchsweise hier, vielleicht nur für diesen Text. Es ist ein Dschungel, ein armer Wald, rohe Schluchten. Ich halte mich nicht versteckt, allein die Abgelegenheit hält mich verborgen, die Einsamkeit meines Lagers unter dem Nachthimmel. Stille, die von Schüssen hallt. Hier bin ich auf mich gestellt, und nichts hindert mich, keine Rücksicht, keine Vorsicht, herauszutreten aus der Deckung und mich zu mir zu bekennen, meinem nackten vergessenen Leib, meinen Ängsten, meiner Begierde. Der kalte Genuß, mein Dasein zu sehn, *das Fehlende, die Leere, der Schrecken*, die aus dem Versäumnis kommen, der Schuld. Die Vergangenheit ein Gewitter, das sich nicht löst, in der drückenden schmählichen Gegenwart. Vielleicht rede ich aus dem Traum heraus, wo das Verdrängte bewußt wird in der absichtslosen, amoralischen Handlung, aus der Realismus spricht. Fratzen und Fotzen, dieses untergründige Erleben scheint mir mitunter das eigentliche, nur unerträglich intime und virtuelle, aber welche wirkliche Sehnsucht, welche Kraft. Schwierige Strategie, sie in den Tag zu retten. Habe ich Dschungel gesagt, die Schluchten, Löcher erinnern mich an die Risse, die Sprünge meiner Biografie, die ironischen Verläufe, die jeder Halterung hohnsprechen, keine Fixierung erlauben. Und natürlich handelt es sich um eine Suche, eine Bewegung im rohen Material, eine Übung immer gefährdet durch Mutlosigkeit und Gewißheit. *Beides ist richtig, sowohl der Griff, der uns den Boden wegreißt unter den Füßen, als auch das Bestreben, einen festen Grund herzustellen zur Untersuchung einfacher Tatsachen*, sagt Weiss. Beginnen wir, Kamerad. *Beides ist richtig* und kann in einem Schritt geschehn... Er wußte es, als er, ein lebender Jude, Auschwitz besuchte, die *Ortschaft, für die ich bestimmt war und der ich entkam*, oder erfuhr es vor den erkalteten Öfen. Der Schock des unauslöschlichen Wissens, der Höllenbilder, in denen er wohnen würde. Es war nicht der Ort, den er selbst bestimmte, der Arbeitsplatz, es sei denn, er sähe sich nicht als Opfer sondern als furchtloser Wanderer, der von dem Entsetzen Bericht gibt. Ein Dante bei den Toten des Holocaust, am Ort der Verdammnis / der Erkenntnis dieses Jahrhunderts, und bei den schuldunfähigen Mördern in ihrem Prozeß. Der Gang machte den Boden schwinden, sein Privatgelände, und preßte Beton an die Fußsohlen. Dort würde er wohnen, aber wo sollte er bleiben? Deutschland; aber wo liegt es, *unter dem Berg aus Hirsebrei begraben.* [...] *Dieser große schlafende Körper, als den ich Westdeutschland heute bei meinen Besuchen sehe und von dem ich nur das Röcheln vernehme und die Anzeichen gesättigter Träume, zeigt nichts von den Veränderungen, die nach der Katastrophe, durch die dieses Land ging, zu erwarten gewesen wäre.* Er veröffentlichte eine Erklärung, in Dagens Nyheter, 1. September 1965: *10 Arbeitspunkte eines Autors in der geteilten Welt.* Er gab seinen Standort bekannt. Es war, als müsse der Vertriebene, der Heimatlose sich ein Reich abstecken, um seinen Anspruch anzumelden. Ost oder West: *Für welche Seite entscheide ich mich?* [...] *Im Verlauf der Untersuchungen, die ich betreibe, um zu einer Antwort zu gelangen, sehe ich, daß es nur zwei Möglichkeiten gibt und daß das Verharren im Außenstehn zu einer immer größer werdenden Nichtigkeit führt.* Seine Antwort war um so deutlicher, als sie einen Tag später auch im Neuen Deutschland erschien: *Die Richtlinien des Sozialismus enthalten für mich die gültige Wahrheit.* Ich las es mit Staunen, überrascht, daß diese harten, metallischen Sätze dem eigenen Denken entsprachen (aber wichtig waren uns nur die Gegen-Sätze, das Wenn und Aber: *wenn in einigen,* sagte er, *Ländern des Sozialismus die Kunst auf Grund ihrer innewohnenden Kraft niedergehalten und zur Farblosigkeit verurteilt wird*, oder: *wenn sich die Offenheit im östlichen Block erweiterte und ein freier undogmatischer Meinungsaustausch stattfinden könnte*). Auch ihm selbst war seine neue Sprache verdächtig, 1968 in Westberlin: *Hörte beim Sprechen plötzl. meine eigenen Worte wie aus einem Lautsprecher. Fremd* – [...] *Alles falsch*, doch sie ermöglichte, jene *einfachen Tatsachen* darzustellen, die er ermittelt hatte. Die industrielle Vernichtung der Juden in den deutschen Gaskammern war nur die Konsequenz der Vernichtung durch Arbeit, und die fortdauernden Gemetzel und Unterwerfungen auf den Kontinenten Produktionsbedingung des Kapitalismus. In den karstigen Szenarien seines *dokumentarischen Theaters* tönte die gültige Wahrheit, Schlachtgesänge der Aufklärung. Der Dante, der die Seligen vorführte, die auf ihre Befreiung warten in den Kerkern, Kolonien und Lohnkämpfen, mußte es *mit Worten beschreiben, die einen Standort auf der Erde deutlich machen*. In der *Ästhetik des Widerstands* durchmaß er, dem Vorbild nach, ein Inferno von *Entsetzen und Aufbegehren*. Er sah immer genauer, verworrener das *Getümmel von Kräften*, die, *die unten sind, und die, die oben sind*, die verborgene, geheime Geschichte, aus der er die Opfer und die sogenannten Verräter barg. Ein Anschreiben gegen die riesigen Fälschungen, auf denen die Systeme stehn, seine Zwangsarbeit an einem Lebenswerk. Da lagen sie auf den tausend Seiten, die Toten im Text, *die einzige Rettung der Wundbrand der Wachheit*, und redeten mit ihren erstickten Stimmen. Sie redeten von der Vergangenheit der Zukunft, vom Entwurf, den die Niederlage macht. *Wie das Vergangene unabänderlich war, würden die Hoffnungen unabänderlich sein*. Heilmann, vor seiner Hinrichtung, hatte allerdings keine Vorstellung von dem Land, für das er gekämpft hatte, *was wir greifen wollten, ließ sich nie beweisen*. Weiss war in verzweifelterer Lage: er sah ja das Land, die Länder, den »realen Sozialismus«, der nichts bewies und andere Vorstellungen verstellte; nur seine *Richtlinien* galten. Der Standort, Kamerad, ist weggebrochen, zugeschüttet, oder einfach versandet, seine Gründung verliert sich im Gelände. Weggeweht wie jenes Heliopolis in Altägypten, der Mittelpunkt der Welt, ein flacher Haufen Schutt von einem Fußtritt, die Geschichte / Ging da lang mit Absicht. Ich sehe eine Wüstung, wie sie Schlachten zurücklassen, die auch die Ressourcen für die Wiederbesiedlung verschlungen haben. Die Punkte in der Topografie des Schreibens sind selber zum blinden Fleck geworden. Wie, war es denn falsch, Position zu beziehen, Partei zu ergreifen? Mein Herr, es hat sich daran gar nichts geändert, nur ist alles anders geworden. Die Partei hat die Seite gewechselt. *Die Hoffnung im Lager der Besitzenden dieser Welt, die Sowjetunion auf ihre Seite zu bekommen, ist ein Bestandteil der riesenhaften Kraftanstrengungen, mit der der freie Unternehmergeist seine Stellungen konsolidieren will. Es ist eine eitle Hoffnung und eine Rückwärtsbewegung.* (Weiss, Enzensbergers Illusionen, 1965) »Rückwärtsbewegungen sind in seinem Weltbild nicht vorgesehen [. . .] ›Die *Idee* blamierte sich immer, soweit sie von dem *Interesse* verschieden war‹, schrieb Marx, der Peter Weiss nicht gelesen hat.« (Enzensberger, Peter Weiss und andere, 1966) Der Streit ist beendet, der avancierte Autor in das Antiquariat gesteckt. Nicht mehr mit Raddatz' Gift, er wird mit Gleichgültigkeit gestraft. Er ist wieder im Elend, in der Fremde, in der Irrenanstalt des Theaters, das seine Tiraden stottert unter der Peitsche eines Sadisten. *Wie ist Afrika zu bewirtschaften – nur sozialistisch.* / »Die Moralische Aufrüstung von links kann mir gestohlen beiben. Revolutionäres Geschwätz ist mir verhaßt.« Das Werkgelände ist stillgelegt. Abbrucharbeiter, Germanisten, sind die letzten Gestalten, die wir erblicken auf der Suche nach dem verlorenen Ort, einstige Instandbesetzer des Sozialismus, die jetzt die eigene Spur verwischen. Aber das Werk selbst ist widerständig, gerade weil es nicht platt sondern höchst problematisch ist. Die großen festen Blöcke des Textes vibrieren von Widersprüchen, Debatten und Zweifeln. »Was die Kunst vermag, ist gerade dies: auszudrücken, was nicht einfach auf den Begriff zu bringen ist, auch diejenigen Kräfte namhaft zu machen und zu kennzeichnen, die der politischen Vernunft konträr sind; das Unbewußte, Triebhafte, Gewaltsame, das ebenso kollektiv wirksam ist wie die organisierte Vernunft – nur zumeist destruktiv, zerstörerisch.« »Das Buch ist nicht ungebrochen genug für einen linken Heimatroman.« (Scherpe) Wenn es von Revolution handelt, dann von der *doppelten, der wachen und der geträumten*. Überhaupt scheint mir, daß die Präzision der historischen Verhöre, im Hades von Plötzensee bis Pergamon, weniger auf einen politischen als einen traumatischen Antrieb weist: die Spaltung, das Scheitern der Arbeiterbewegung, deren Niederlage fortlebt. Das Scheitern des Werks ist sein Thema. Es ist vorgeschrieben, Rezensenten, schreibt es ab. Es muß etwas historisch werden, damit es klassisch wird. Ich habe die *Ästhetik des Widerstands* immer als Steinbruch betrachtet, als immenses Material, freigelegt für andere Generationen. Der spanische Bürgerkrieg, die moskauer Prozesse, die *furchtbare Symmetrie eines Herrschaftswesens*. Aber mehr noch interessierte mich die Haltung dieses Arbeiters, der, eingeschüchtert von rechts und links, unentwegt an der Arbeit blieb. Was für ein Radius, den er um ein Geschehnis zog, mit dem er vordrang *zu einem unbequemen Überblick. Für einen Autor, sagte Hodann*, sagte Weiss, *ist die Wahrheit unteilbar. Es wäre tödlich für uns, die wir für etwas Zukünftiges kämpfen*, sagte Münzer, sagte Weiss, *wollten wir eine Haltung einnehmen, von der sich die, die nach uns kommen, lossagen müßten*. Ich sah ja an meinem Ort, *daß wir von einer überlegnen* (nicht überlegnen) *Führung niedergehalten wurden, daß wir der vorausgesetzten Unselbständigkeit zustimmten, daß wir festhingen an der Entmündigung*. Es war mein eignes Trauma, das er formulierte, der Widerspruch von Disziplin und eigenständigem Denken. Mein Ort die *Schlamm-*

ebene, China, 1988: Die Strichmännchen der Planung / Willkürlich hingemalt / Jahr für Jahr / In das zähe schwarze verdammte stinkende unermeßliche / Dulden. *Wir können uns nicht befreien, wenn wir nicht das System, das uns unterdrückt* [...] *beseitigen.* Wie die Angst vor der Abweichung entrealisierend wirkt, ist die Abweichung Bedingung des Realismus. Das Schreiben auf die Veränderung hin konnte nicht haltmachen vor der Zerstörung des Sozialismus, die ich nicht wollte, aber zeigen mußte, FINITA LA COMMEDIA!, die erschreckende Möglichkeit, auf die Gefahr hin, daß sie Wirklichkeit wird. Sie ist es geworden. Auch mein Ort ist versunken, planiert und privatisiert wie die Gemüter. Der schmale Grat, auf dem ich ging mit meinen Seilschaften. Es ist jetzt unsere Niederlage, die wir errungen haben, mein Gelingen, das ein Scheitern ist, unsere nicht ohne Gelächter zu rekapitulierende Lage. Denn auch das Verschwinden beweist nichts. Und wie weiter? Wo bleiben? Wie ist die Landschaft, in der *wir kämpfen*. Ein zerklüfteter, verwinkelter Platz für die Allgemeinheit, weichgezeichnet von den Medien, eine harsche Struktur ohne Subjekt. Kein Winterpalast, kein Machtzentrum, keine absolutistische Hofanlage. Aber doch Bastionen, Politkartelle, Sperren mit Gatekeepern, die nicht leicht eine Störung passieren lassen; feste Banken umgeben von demokratischen Rabatten, hart kalkulierte Unternehmungen und der Service des schärfsten Unterhaltungsprogramms (in den USA auf 48 Kanälen alle drei Minuten eine Vergewaltigung). Und die Kultur von unten, ein Urstoff, protoplasmische Bewegung, nicht faßbar, aber eine Kraft, die ihren Impuls in die Apparate schickt und das Gelände mit Ideen unterminiert. Nicht die Brechstange weltgeschichtlichen Handelns, die Hand legen an die Pulse, Gelenke und Wunden. Die zentrale Kategorie: die Handlungsfähigkeit, der Whirlpool, in dem Oben und Unten sitzt, die nackten Interessen. Der Kapitalismus die Gesellschaft, Sozialismus die Politik, die ihn auf einen anderen Begriff bringt. Demokratischer Kapitalismus, das ironische Wort: aber es geht nur mit wirklicher, tätiger Ironie, es besteht Handlungsbedarf, Demokratie der Politik, Demokratie des Konsums, es ist die arbeitende Ironie der Geschichte. Peter Weiss, August 1980: *bin nicht für Ironie*. Demokratischer Kapitalismus die Illusion, an der wir uns abarbeiten, der durchrationalisierte Mythos, das Scheitern des 21. Jahrhunderts. Kein Ort für ihn. Er ist unser ernstester Kamerad, bei ihm *überwiegt* [...] *die Wut und der Haß* [...] *Es wird ja alles umgedreht*, wenn es sich nicht selbst verdreht; der immer noch fragt: *Wer braucht meine Arbeit* und kann sie die Welt bewohnbarer machen. Die Welt – während wir in Deutschland gelandet sind, VON DER FLÄCHE ZUM PUNKT; am STANDORT Deutschland, während die Literatur ohne Standpunkt ist, »Abgesänge, Untergänge von Tag zu Tag [...] Lust am Verrat und am Vergessen« (Scherpe). Wo ist sein Platz heute, der *heimische Boden*, um Stellung zu nehmen, nachdem die Fronten verlassen sind, Ost/West, aber die Kämpfe, die Unterwerfungen weitergehn als Geschäft des engineering instruction. Der Platz im Dschungel der Globalisierung, wo er sagt: I COME OUT OF MY HIDING PLACE. Ich will meinem Freund einen Ort suchen, der ihn interessiert hätte, denn er *mag gern realistische Anlässe* ... Einen Ort, WO LEBEN KEINE SCHANDE WÄRE. Halt. Wer spricht? Wessen Stimme ist das, in welchen unzugänglichen Bergen. WIR KÄMPFEN NICHT UM DIE MACHT SONDERN UM RAUM ZUR ENTFALTUNG EINES JEDEN MENSCHEN. Es ist die Stimme des Subcomandante Marcos in Chiapas im Lacandonischen Urwald. Beides ist richtig, der Griff, der den Boden wegreißt, und festen Grund zu finden zur Untersuchung *einfacher Tatsachen* ... Die Verarmung, die Ausgrenzung ganzer Bevölkerungen, die Umverteilung von unten nach oben, die Erpressung mit der Naturnotwendigkeit der Deregulierung. Die Regierungen die Handlanger, Steuersenker und diplomatischen Reisebegleiter der transnationalen Konzerne. Die Handelsverluste des Südens, unvorstellbare Dollarmilliarden, kriminalisieren die Lebensverhältnisse (wen wundert es, wenn schon der Berliner Senat in seiner Finanznot Verzweiflungstaten begeht). Die 5000 U'was in Kolumbien drohen mit kollektivem Selbstmord, nach Erdölfunden in ihrem Siedlungsraum. Die unnützen Völker werden in die Wildnis gedrängt oder in die Wildnis des Widerstands. Mexiko, eben noch Musterschüler der Umstrukturierung, hat ein Kriegsgebiet, seit den indianischen Bauern im Zeichen der »komparativen Vorteile« Land zugunsten der großen Plantagen entzogen wird. Die Zapatistische Armee verblüfft die Welt mit ihrer Analyse, in der sie ihren lokalen Widerstand mit globalen Entwicklungen in Zusammenhang bringt. Ein Widerstand, der weiß, daß er die Feinde nicht trifft, ein virtueller Kampf, ein verzweifeltes Spiel mit Waffen und Worten. Ihr »Krieg niedriger Intensität« will keine orthodoxe Revolution sein, das Ziel ist nicht Herrschaft sondern das Leben. Sie schlagen etwas Schwierigeres vor als eine Umwälzung: eine Revolution, die eine Revolution ermöglicht. »Die ›Denker‹ fragen sich«, parodiert der Subcomandante Insurgente, »wer sind diese Indigenas, die nichts verkaufen und nichts kaufen? [...] Was soll das nun sein, die Internationalität der Hoffnung?«, und er läßt sein Honorar, 600 Dollar, an die Streikenden in Turin überweisen. Weiss hat, scheint es, diese *ganz neuen Bewegungen* gekannt, im Traum, in der Ahnung, *deren Zeichen*, notierte er, *das absolut Nonkonformistische ist, das Anormale* [...], *in dem sich vielleicht einmal die wahre Vernunft zeigen wird.* Er sprach nicht mehr von der Dritten, er sprach von der *Vierten Welt*, die Metapher das Wissen des Dichters, einer Welt, *die sich allem Fertigen, Festgelegten, Institutionalisierten entzieht* ... im Brief, ausgerechnet, an den rostocker Rektor, Mai 1982, Tage vor seinem Tod. Eine Welt, formulieren die Zapatisten, in der alle Welten Platz haben. Hier ist ein Ort für den Toten, wo Leben keine Schande wäre. Der Solidarität mit den Erfahrungen, aus deren Gegensätzen der Autor seinen Ort bestimmt. Weiss würde diese »ersten postmodernen Geschichtsantreiber« in ihren schwarzen Masken zum Sprechen bringen, in ihren Verstekken im Hochland um San Christobal de las Casas, und ihre zivilgesellschaftlichen Berater, die eingeflogen sind aus den Metropolen, Graswurzelanarchisten und Antiimps und Revolutionstouristen, er würde, der Vorarbeit Estavas folgend, zeigen, daß die Indigenas ihre Verlorenheit als Chance begreifen, ihre eignen, »authentischen« Lebensformen zu retten, ihre bittere Ökonomie, »wir sind keine Individuen sondern Knoten im Netz«; ich denke, würde er Estava sagen lassen, die USA und die Weltbank haben das Problem der Ausgegrenzten besser verstanden als die mexikanische Regierung. Das Interesse der internationalen Institutionen ist die Sicherung ihres neoliberalen Projekts. Sie wissen, daß es gefährlich wäre, wenn diese Marginales eine Integration erhofften. Die Theorie der Weltbank ist die Individualisierung der Armut. Sie können uns nicht ausbeuten, wir sind draußen. Aber wir können überleben, diese aufgezwungene Autonomie ist unser Handlungsraum. Doch Debray könnte widersprechen, dieses Konzept vergesse, daß die Indios seit Jahrhunderten Unterdrückte, Beraubte waren, ihre Tradition von kolonialen Verhältnissen ausgedorrt. Aber ist nicht, würde ein anderer erklären (und Weiss könnte ein Dossier Winters aus Mexiko-Stadt benutzen), diese besondere widerständige Erfahrung legitim, ja für den Widerstand sogar notwendig. Und die besondere »Erfahrung« der Frauen, sagte Ana María, geschlagen zu werden, ausgenommen, vergewaltigt und betrogen von diesen selben unterdrückten Männern. Sie säßen vor ihren Mikrofonen im Urwald, Oliver Stone und der Kleinbauer Pedro Infante, und Marcos erzählte eine (uns Europäern allen bekannte) Keunergeschichte, und Weiss würde übergangslos die Bruchstelle setzen, aus dem Dossier Winters zitierend oder Winter herzitierend: Wenn diese ihrer Geschichte beraubte Identität plötzlich verleiblicht werde zu einer vermeintlich ursprünglichen authentischen Kultur und die ihr angezogenen Kleider der Demokratie, der Gerechtigkeit als das Andere, Bessere oder Naturverbundne idealisiert würden, passe dann alles wunderbar zusammen. Die indigene Gemeinschaft als Hort des Anderen außerhalb der Marktvergesellschaftung, die spezifische Reserve, die sich gegen den Rest der Welt erhebt. Die Indios würden schweigen, und es würde jetzt von Huntington gesprochen oder tatsächlich Benjamin vorgelesen, Sätze, die Weiss, wie Scherpe vermutet, oder ich selber nachschrieb: »So war da zuletzt nicht [...] bloße Treue zum dialektischen Materialismus im Spiel, sondern Solidarität mit den Erfahrungen [sic!], die wir alle in den letzten fünfzehn Jahren gemacht hatten« (seit Weissens Tod?). »Es liegt ein Antagonismus vor, dem enthoben zu sein ich nicht einmal im Traum wünschen könnte. Seine Bewältigung macht das Problem der Arbeit aus, und dieses ist eins ihrer Konstruktion. Ich meine, daß die Spekulation ihren notwendig kühnen Flug nur dann mit einiger Aussicht auf Gelingen antritt, wenn sie, statt die wächsernen Schwingen der Esoterik anzulegen, ihre Kraftquelle allein in der Konstruktion sucht.« Jetzt müßte der Auftritt eines Bohrtrupps folgen, Arbeiter, denen die kulturelle Autonomie dieser Waldmenschen am Arsch vorbeigeht, oder, Variante, einer Postenkette der Bundesarmee, die, wie die Zeitung meldet, ihre Präsenz im Südosten langsam aber stetig ausbaut. Winter, in einer Felsspalte wartend: Die Verankerung der indigenen Rechte in der mexikanischen Verfassung habe – trotz dieses Rückschlags – beste Chancen, irgendwann Realität zu sein. Langfristig eine Reservatsverwaltung durchaus denkbar, die im besten Fall auf Selbstverwaltung der Armut hinausläuft. Ein Sachverhalt, der den Regierenden nicht ungelegen käme – der Staat wäre auf dem Rückzug und könne sich zugleich seiner Nachsicht rühmen. Estava, mit angehaltenem Atem lächelnd: Ein notgebornes, aber ein Experimentierfeld für die ohnehin ausgeschlossenen Lebensräume, Todesräume, während in euren Regionen der Kampf um den Standort tobt. Das ist das Stichwort für meinen Auftritt in dem Dschungel, der Wirrnis, nicht um Einigkeit herzustellen, die es nicht gibt, sondern um die Gegensätze in äußerster Schärfe zu fassen in dieser Unterwelt des Bewußtseins, während der Regen durch die Blätter rinnt und die Indios auf den stinkenden Straßen Limas sitzen, in der Stille, die wie gesagt von Schüssen hallt. Das Stichwort für meinen Abstieg in die Tiefe – oder ist es ein Gleitflug –, der den Widerstand aufspürt, der von dem Rohen, Fremden, Anderen ausgeht, der Wirklichkeit, wo sie ihre größte schmerzende Kraft entfaltet und ich mit traumatischer Klarheit mein Versäumnis sehe, meine Schuld, das schwarze verdammte Dulden, die Schande der Unterwerfung unter die Disziplin der Demokratie und die Restriktionen des Reichtums; denn wir hatten die Wahl: wir, die wir integriert worden sind, die wir die Welt dieser ausgrenzenden Grausamkeit wählten, stehn in der Schuld aller Orte, die verloren sind. Denn wir stehn bei den Siegern, den Satten, das ist unser Standort, und wir sind es, die Marcos höhnisch grüßt: »Hört auf mit dem Kitsch der Hoffnung, mit dem Honigkuchen der Humanität, hört auf mit der absurden Gerechtigkeit. Der Neoliberalismus ist ein Erfolg, weil die Macht ein Erfolg ist.« Er spricht von deinem Ort, Kamerad, und ich überlasse es dir, dort aus dem Versteck zu treten. Ich bin, wie die Arbeiter in Turin, denen der Mann mit der Maske seine Botschaft per Bankscheck schickte, auf mich selbst verwiesen. HELFT EUCH SELBST, SO HELFT IHR UNS, an meinen endgültigen Ort, in meinem provisorischen Land, bei der Deutung der Welt, *in der wir vorhanden sind.* O diese blendende Helle / in diesem Zimmer / bedencken Sie / dass sie dem Träumenden / in tiefster Finsternis / entsteht / Und diese Stille / unvorstellbar / wie sie aus Donnern tosend / sich hat aufgelagert / von UrZeiten an bis / zum morgigen Tag / Punct (Hölderlin, Marx schweigen.) »Es gibt unendlich viel Hoffnung, nur nicht für uns«, sagt Kafka, nein, es gibt wenig Hoffnung, aber für uns.

6. 5. 1996

Ich verschlief den Morgen im Art-Hotel, es regnete
Bindfäden in die Elbe, kein Frühstück
Aber ein hungriger Blick auf die Wände
Penck, Sohn keiner Klasse, malt sich ein Museum
Jagdmotive für Höhlenbewohner WESTKUNST oder
DIE STRICHMÄNNCHEN DER PLANUNG, das Taxi
Steckte im Stau auf der ~~Dimitroff~~ der Augustusbrücke
Nichts ging mehr während meine Mutter starb
Ich ging zufuß umrundend eine Erdramme
Gerät des Antaios ein Bodenspekulant
Aus Libyen mit seinen Leiharbeitern
Die Stadt war aufgerissen wie nach dem Angriff
Barockschutt, man kann in den Fundamenten wandeln
Und den Irrtum suchen, in der Staatskanzlei
Ein stummes Getümmel, statische Künstler
Sie halten sich unter jeder Regierung
Adam Schreier Güttler Hoppe und Braun
GEHE NIE ZU DEINEM FÜRST
WENNDE NICH GERUFEN WIRST
König Kurt der Frühaufsteher
Versammelte die unausgeschlafene Akademie
Zu einem Morgenappell, meine Müdigkeit
Ist verwickelterer Herkunft, ich gähne
Aus mehr Epochen, mein Spott ist Spätlese
Aus der Hanglage meines Bewußtseins
Am Ort meiner fristlosen Entlassung
Wir druckten FRÖSI fröhlichsein und singen
Vier Farben Offset JA WENN DIE KINDER
IMMER KINDER BLIEBEN mein wacher Bruder
Bestätigte meine politische Unreife
Der zweite fuhr schwarz über die Grenze
Einer von fünfen, das verlangte der Realismus

Ich trug der Tochter eines Musikers den Koffer
Sie wollte Musik ohne Politik studieren
Hellwach nach der Liebesnacht zum Bahnhof
Im Land Hanns Eislers vergeblichen Streiters
Gegen die DUMMHEIT IN DER MUSIK
Auf dem Heimweg wurde ich ein Dichter in Deutschland
Zwischen Stoppelfeldern unter dem Sternenhimmel
Eine Schlammspur unter den Füßen, jedenfalls Sand
Auf den Korridoren der Macht, meine Sanftmut ist hart
Erarbeitet in der Zementfabrik SOZIALISMUS die Frage
Die keine Antwort zuließ bzw. die Antwort
Die keine Fragen zuließ, in Moskau ist jetzt die Synode
Zusammengetreten und diskutiert die Frage:
KANN DIE APOKALYPSE IN EINEM LAND
STATTFINDEN?
Der Witz ist auch dünne geworden, wie plattgemacht
Goldmann, mir schlafen die Füße ein
Auf dem Parkett, wir waren zu lange wach
Überwach vom Warten auf den Morgen
Bis uns dämmerte, daß er vergangen war
Ich trank Sekt in der Sächsischen Akademie
Während meine Mutter starb, ich sah sie gestern
Leben in dem ausgemergelten Körper, der Schmerz
Krümmte sie in ihre letzte Gestalt, sie hatte
Einen Moment den Mut verloren und war müde geworden
Gelegenheit, sie RUHIGZUSTELLEN, sie lag
Den Kopf zurückgebogen und hob verwundert /
Empört den Arm, in dem die Kanüle steckte
Und griff sich ins Gesicht an die Sauerstoffsonde
Ohne uns wahrzunehmen / handeln zu können, heute
Finden wir sie abgestellt im Keller, gleich an
Der Tür, eine Binde um das Kinn, der Kopf
Mumienhaft klein, ein Fetzen Mull auf dem Auge
Ist liegengeblieben, die Wangen kalt
Ich habe noch dreißig Jahre zu leben

Ich sitze an einem Tisch mit meinem toten Vater
Es gibt Gräupchen, der Landser löffelt
Das Gewehr geschultert, sie schmecken salzig
Von den Tränen die heimlich über dem Herd
Hineingemischt werden, oder zwanzig
Wenn ich nicht müde werde künstlich ernährt
Von meinem Zeitalter OSTEN WESTEN
EINE VERMISCHUNG sagt Penck UNTEN OBEN
Die Schnellgeburten aus schwarzem und rotem Acryl
Nein eine Trennung DRIN UND DRAUSSEN
LEBEN UND TOD, wann wird der Dichter
Geboren, NACH JAHREN DER NIEDERLAGE
UND GROSSEM UNGLÜCK WENN DIE KNECHTE
AUFATMEN
UND DIE BILDER ERWACHEN VOR DEM
UNGEHEUREN ANBLICK.

Nachweise

Prolog zur Eröffnung der 40. Spielzeit des Berliner Ensembles am 11. Oktober 1989: gedruckt als Flugblatt des Brechtzentrums Berlin.

Lösungen für alle: Der Morgen, 28./29. Oktober 1989, Népszabadság, 11. November 1989.

Die Erfahrung der Freiheit: Neues Deutschland, 11./12. November 1989.

Notizen eines Publizisten: Neues Deutschland, 8. Dezember 1989. Die Diskussion im Friedrichstadtpalast wurde von der Initiativgruppe 4. 11. als »theoretische« Fortsetzung der Massendemonstration veranstaltet.

Leipziger Vorlesung: gehalten am 12. Dezember 1989 an der Universität Leipzig; *Kopfbahnhof. Almanach 3. ... denn die Natur ist nicht des Menschen Schemel* (Reclam Leipzig 1991). *Bodenloser Satz* auch: Suhrkamp 1990.

Eröffnung des außerordentlichen Schriftstellerkongresses am 1. März 1990: Berliner Zeitung, 2. März 1990.

Symbole für das neue Deutschland: Antwort auf drei Fragen der ZEIT, 40/1990.

3. Oktober 1990: vorgetragen auf der Veranstaltung »Hurra, du Schwarz, du Rot, du Gold« am Abend des 2. Oktober im Maxim Gorki Theater Berlin; Wochenpost 40/1990.

Jetzt wird der Schwächere plattgemacht: Der Morgen, 21. Februar 1991.

Denkmal für einen Piloten: Das Argument 2/1991.

Die Leute von Hoywoy (2): Wochenpost 42/1991.

Die Fremden: 1991; Erstdruck.

Ein Fall von monströser Banalität: Einleitung einer Diskussion in der LiteraturWERKstatt Berlin am 11. November 1991; DIE ZEIT 48/1991.

Raskolnikow Trotzki Gorbatschow: Kommentar zur *Rede über Puschkin* von Dostojewski; SINN UND FORM 5/1992 und EVA REDEN (Europäische Verlagsanstalt 1992).

Ist das unser Himmel? ist das unsre Hölle?: Rede, gehalten am 10. November 1992 in Stuttgart zum Dank für die Verleihung des Schiller-Gedächtnispreises; (in Auszügen) Stuttgarter Zeitung, 11. November 1992, SINN UND FORM 1/1993.

Adresse an das Cottbuser Theater: Lausitzer Rundschau, 19. Dezember 1992.

»... solang Gedächtnis haust / in this distracted globe«: Festvortrag anläßlich der Vereinigung der beiden deutschen Shakespeare-Gesellschaften am 24. April 1993 in Weimar; Freitag 18/1993, Jahrbuch der Deutschen Shakespeare-Gesellschaft 1994.

Das Hakenkreuz in der Wange: 1993; Erstdruck.

Wir befinden uns soweit wohl. Wir sind erst einmal am Ende: SINN UND FORM 6/1994, *Volker Braun* (University of Wales Press 1995).

Karte aus Kairo: 1994; Erstdruck.

Dresdens Andenken: Vortrag auf dem Kolloquium »Die Zerstörung Dresdens – Antworten der Künste« am 11. Februar 1995; Sächsische Zeitung, Frankfurter Allgemeine Zeitung, 13. Februar 1995.

Die Müdigkeit beim Gedanken an die Macht: Beitrag auf dem Hiddensee-Gespräch »Intelligenz und Macht« am 26. Mai 1995; Neues Deutschland, 10./11. 1995.

Die Donauversickerung: 1995; Erstdruck.

Einleitung des Gesprächs über Sattlers »Thesen zur Staatenlosigkeit« im P.E.N.-Zentrum Ost: am 7. Oktober 1993; Erstdruck.

Einleitende Worte zur Lesung »Neue Lyrik. Für Stephan Hermlin«: am 11. April 1995; Erstdruck.

Müllers Abgang: Kalkfell, Theater der Zeit Arbeitsbuch 1996.

Vorrede zu Günter Grassens »Rede über den Standort«: am 23. Februar 1997 im Schauspielhaus Dresden; Sächsische Zeitung, 28. Februar 1997.

Für Hermlin: gesprochen am 29. April 1997 im Berliner Ensemble.

Brecht 100: drive b: Theater der Zeit / Brecht Yearbook 1997.

Auf Papenfuß: Rede zur Verleihung des Erich-Fried-Preises 1998 an Bert Papenfuß; Der Standard, 27. 3. 1998.

Das Ende der Unvollendeten Geschichte: SINN UND FORM 4/1996.

Es bleibt die unvollendete Geschichte. Ein Nachtrag: SINN UND FORM 1/1997.

Traumtext: Das Argument 2/1996.

Der Paradesoldat: 1996; Erstdruck.

Die Räumung oder: Das philosophische Ereignis: 1997; Erstdruck.

Ein Ort für Peter Weiss: Vortrag in der Reihe »Die einen über die anderen« in der Schaubühne Berlin am 8. Dezember 1997; Berliner Zeitung, 13./14. Dezember 1997.

6. 5. 1996: SKLAVEN AUFSTAND, März 1998.

edition suhrkamp
Eine Auswahl

Abelshauser: Wirtschaftsgeschichte der Bundesrepublik Deutschland 1945-1980. NHB es 1241
Achebe: Heimkehr in ein fremdes Land. es 1413
– Okonkwo oder Das Alte stürzt. es 1138
– Termitenhügel in der Savanne. es 1581
Adorno: Eingriffe. es 3303
– Gesellschaftstheorie und Kulturkritik. es 772
– Jargon der Eigentlichkeit. es 91
– »Ob nach Auschwitz sich noch leben lasse«. es 1844
– Stichworte. es 347
Aebli: Küss mich einmal ordentlich. es 1618
– Mein Arkadien. es 1885
Amnestie oder Die Politik der Erinnerung in der Demokratie. es 2016
Anthropologie nach dem Tode des Menschen. es 1906
Armut im Wohlstand. es 1595
Bachelard: Das Wasser und die Träume. es 1598
Bachtin: Die Ästhetik des Wortes. es 967
Barthes: Der entgegenkommende und der stumpfe Sinn. es 1367
– Kritik und Wahrheit. es 218
– Literatur oder Geschichte. es 303
– Mythen des Alltags. es 92 und es 3309
– Das Rauschen der Sprache. es 1695
– Das Reich der Zeichen. es 1077
– Das semiologische Abenteuer. es 1441
– Das Spiel der Zeichen. es 1841
Beck, Ulrich: Die Erfindung des Politischen. es 1780
– Gegengifte. es 1468
– Risikogesellschaft. es 1365 und es 3326
– Die Suche nach der sozialen Wirklichkeit. es 1961
Becker, Jürgen: Ränder. es 351
– Umgebungen. es 722
Über Jürgen Becker. es 552
Becker, Jurek: Warnung vor dem Schriftsteller. es 1601
Beckett: Endspiel. Fin de Partie. es 96
– Flötentöne. es 1098
– Warten auf Godot. es 3301
Benet: Du wirst es zu nichts bringen. es 1611
Benjamin: Das Kunstwerk im Zeitalter seiner technischen Reproduzierbarkeit. es 28 und es 3305
– Moskauer Tagebuch. es 1020
– Das Passagen-Werk. es 1200
– Über Kinder, Jugend und Erziehung. es 391
– Versuche über Brecht. es 172
– Zur Kritik der Gewalt und andere Aufsätze. es 103
Bernhard: Der deutsche Mittagstisch. es 1480
– Ein Fest für Boris. es 3318
Bertaux: Hölderlin und die Französische Revolution. es 344
Bloch: Abschied von der Utopie? es 1046
– Kampf, nicht Krieg. es 1167

316/1/4.97

edition suhrkamp
Eine Auswahl

Bloch: Tübinger Einleitung in die Philosophie. es 3308
– Viele Kammern im Welthaus. es 1827
Bloom: Die Topographie des Fehllesens. es 2011
Boal: Theater der Unterdrückten. es 1361
Böhme, Gernot: Ethik im Kontext. es 2025
– Für eine ökologische Naturästhetik. es 1556
Böni: Alvier. es 1146
– Hospiz. es 1004
– Der Johanniterlauf. es 1198
Bohrer: Die Kritik der Romantik. es 1551
– Ohne Gewißheiten. es 1968
– Der romantische Brief. es 1582
Boullosa: Sie sind Kühe, wir sind Schweine. es 1866
– Die Wundertäterin. es 1974
Bourdieu: Praktische Vernunft. es 1985
– Rede und Antwort. es 1547
– Soziologische Fragen. es 1872
– »Die Wirklichkeit ist relational«. es 1842
Bovenschen: Die imaginierte Weiblichkeit. es 921
Braun, Volker: Berichte von Hinze und Kunze. es 1169
– Böhmen am Meer. es 1784
– Es genügt nicht die einfache Wahrheit. es 799
– Gesammelte Stücke. es 1478
– Verheerende Folgen mangelnden Anscheins innerbetrieblicher Demokratie. es 1473
Brecht: Der aufhaltsame Aufstieg des Arturo Ui. es 144
– Aufstieg und Fall der Stadt Mahagonny. es 21
– Ausgewählte Gedichte. es 86
– Baal. es 170
– Biberpelz und roter Hahn. es 634
– Broadway - the hard way. es 1835
– Buckower Elegien. es 1397
– Die Dreigroschenoper. es 229
– Furcht und Elend des Dritten Reiches. es 392
– Die Geschäfte des Herrn Julius Caesar. es 332
– Die Gewehre der Frau Carrar. es 219
– Der gute Mensch von Sezuan. es 73
– Die heilige Johanna der Schlachthöfe. es 113
– Herr Puntila und sein Knecht Matti. es 105
– Ich bin aus den schwarzen Wäldern. es 1832
– Der Jasager und Der Neinsager. es 171
– Der kaukasische Kreidekreis. es 31
– Leben des Galilei. es 1
– Leben Eduards des Zweiten von England. es 245
– Mann ist Mann. es 259
– Die Maßnahme. es 415
– Die Mutter. es 200
– Mutter Courage und ihre Kinder. es 49
– Der Ozeanflug. Die Horatier und die Kuriatier. Die Maßnahme. es 222
– Prosa. es 184
– Die Rundköpfe und die Spitzköpfe. es 605

316/2/4.97

edition suhrkamp
Eine Auswahl

Dieckmann: Vom Einbringen. es 1713
Digitaler Schein. es 1599
Dinescu: Exil im Pfefferkorn. es 1589
Döring: Ein Flamingo, eine Wüste. es 1588
– Schnee und Niemand. es 1779
Dorst: Toller. es 294
Draesner: gedächtnisschleifen. es 1948
Drawert: Alles ist einfach. es 1951
– Haus ohne Menschen. es 1831
– Privateigentum. es 1584
– Spiegelland. es 1715
Dröge/Krämer-Badoni: Die Kneipe. es 1380
Duerr: Frühstück im Grünen. es 1959
– Satyricon. es 1346
– Traumzeit. es 1345
Düttmann: Zwischen den Kulturen. es 1978
Duras: Eden Cinema. es 1443
– Hiroshima mon amour. es 3304
– La Musica Zwei. es 1408
– Sommer 1980. es 1205
– Das tägliche Leben. es 1508
– Der Tod des jungen englischen Fliegers. es 1945
– Vera Baxter oder Die Atlantikstrände. es 1389
Duras/Porte: Die Orte der Marguerite Duras. es 1080
Eco: Zeichen. es 895
Eich: Botschaften des Regens. es 48 und 3306
– Rebellion in der Goldstadt. es 1766
Der eingekreiste Wahnsinn. es 965
Norbert Elias über sich selbst. es 1590 und es 3329
Ende der sozialen Sicherheit? es 1907
Engler: Die ungewollte Moderne. es 1925
– Die zivilisatorische Lücke. es 1772
Enzensberger: Blindenschrift. es 217
– Deutschland, Deutschland unter anderm. es 203 und es 3313
– Einzelheiten I. es 63
– Die Furie des Verschwindens. es 1066
– Landessprache. es 304
– Der Weg ins Freie. es 759
Eppler: Kavalleriepferde beim Hornsignal. es 1788
Esser: Nachruf auf den Standort Deutschland. es 1926
Euchner: Egoismus und Gemeinwohl. es 614
Evans: Im Schatten Hitlers? es 1637
Ewald: Der Vorsorgestaat. es 1676
Falkner: X-te Person Einzahl. es 1996
Farge/Foucault: Familiäre Konflikte: Die »Lettres de cachet«. es 1520
Federman: Surfiction: Der Weg der Literatur. es 1667
Federman/Chambers: Penner Rap. es 2020
Fellinger: Paul de Man – Eine Rekonstruktion. es 1677
Felman: Wahnsinn und Literatur. es 1918
Felsenstein: Die Pflicht, die Wahrheit zu finden. es 1986

316/4/4.97

edition suhrkamp
Eine Auswahl

Fernández Cubas: Das geschenkte Jahr. es 1549
Feyerabend: Briefwechsel mit einem Freund. es 1946
– Erkenntnis für freie Menschen. es 1011
– Wissenschaft als Kunst. es 1231
Versuchungen 1. es 1044
Versuchungen 2. es 1068
Fletcher: Notwehr als Verbrechen. es 1648
Foucault: Psychologie und Geisteskrankheit. es 272
– Raymond Roussel. es 1559
Frank: Einführung in die frühromantische Ästhetik. es 1563
– Gott im Exil. es 1506
– Die Grenzen der Verständigung. es 1481
– Der kommende Gott. es 1142
– Motive der Moderne. es 1456
– Die Unhintergehbarkeit von Individualität. es 1377
– Was ist Neostrukturalismus? es 1203
Franzobel: Das Beuschelgeflecht. Bibapoh. es 1995
– Die Krautflut. es 1987
Fraser: Widerspenstige Praktiken. es 1726
Frevert: Frauen-Geschichte. es 1284
Den Frieden denken. es 1952
Frieden machen. es 2000
Frisch: Biedermann und die Brandstifter. es 41
– Die Chinesische Mauer. es 65
– Don Juan oder Die Liebe zur Geometrie. es 4
– Frühe Stücke. es 154
– Graf Öderland. es 32
Fritsch: Fleischwolf. Ein Gefecht. es 1650
– Steinbruch. es 1554
Fuchs: Westöstlicher Divan. es 1953
Galperin: Die Brücke über die Lethe. es 1627
Gándara: Die Mittelstrecke. es 1597
García Morales: Die Logik des Vampirs. es 1871
– Das Schweigen der Sirenen. es 1647
– Der Süden. Bene. es 1460
Geist gegen den Zeitgeist. es 1630
Genette: Palimpseste. es 1683
Gerhardt: Patientenkarrieren. es 1325
Das Geschlecht der Natur. es 1727
Gewalt und Gerechtigkeit. es 1706
Das Gewalt-Dilemma. es 1905
Ginsburg: Aufzeichnungen eines Blockade-Menschen. es 1672
Globalisierung versus Fragmentierung. es 2022
Glotz: Die falsche Normalisierung. es 1901
Goetz: Festung. es 1793
– Krieg. es 1320
– Kronos. es 1795
– 1989. es 1794
Goytisolo: Ein algerisches Tagebuch. es 1941
– Dissidenten. es 1224
– Landschaften eines Krieges: Tschetschenien. es 1768
– Notizen aus Sarajewo. es 1899
Die Quarantäne. es 1874

316/5/4.97

edition suhrkamp
Eine Auswahl

Goytisolo: Weder Krieg noch Frieden. es 1966
Graaf: Stella Klein. es 1790
Griffin: Frau und Natur. es 1405
Grill: Wilma. es 1890
Grimm/Hörisch: Wirklichkeitssplitter. es 1965
Gross: Die Multioptionsgesellschaft. es 1917
Grünbein: Grauzone morgens. es 1507 und es 3330
Gruenter: Der Autor als Souffleur. es 1949
– Epiphanien, abgeblendet. es 1870
Gstrein: Anderntags. es 1625
– Einer. es 1483
Günther: Versuche, europäisch zu denken. es 1621
Habermas: Eine Art Schadensabwicklung. es 1453
– Legitimationsprobleme im Spätkapitalismus. es 623
– Die nachholende Revolution. es 1633
– Die Neue Unübersichtlichkeit. es 1321 und es 3325
– Die Normalität einer Berliner Republik. es 1967
– Technik und Wissenschaft als Ideologie. es 287
Hacker, Katharina: Tel Aviv. es 2008
Hänny: Ruch. es 1295
– Zürich, Anfang September. es 1079
Hahn: Unter falschem Namen. es 1723
Handke: Die Innenwelt der Außenwelt der Innenwelt. es 307
– Kaspar. es 322
– Publikumsbeschimpfung und andere Sprechstücke. es 177 und es 3312
– Der Ritt über den Bodensee. es 509
– Wind und Meer. es 431
Happel: Grüne Nachmittage. es 1570
Hart Nibbrig: Die Auferstehung des Körpers im Text. es 1221
Haupt: Sozialgeschichte Frankreichs seit 1789. es 1535
Heijden: Die Drehtür. es 2007
Henrich: Nach dem Ende der Teilung. es 1813
– Eine Republik Deutschland. es 1658
Hensel: Im Schlauch. es 1815
Hentschel: Geschichte der deutschen Sozialpolitik 1880-1980. es 1247
Herbert: Ein Barbar in einem Garten. es 3310
Hertz: Die Spiegelung des Unsichtbaren. es 1939
Hesse: Tractat vom Steppenwolf. es 84
Hettche: Inkubation. es 1787
Die Hexen der Neuzeit. es 743
Hijiya-Kirschnereit: Das Ende der Exotik. es 1466
– Was heißt: Japanische Literatur verstehen? es 1608
Hodjak: Franz, Geschichtensammler. es 1698
– Siebenbürgische Sprechübung. es 1622
Hörisch: Brot und Wein. es 1692
– Gott, Geld und Glück. es 1180
– Kopf oder Zahl. Die Poesie des Geldes. es 1998

316/6/4.97

edition suhrkamp
Eine Auswahl

Hoffmann-Axthelm: Die dritte Stadt. es 1796
Holanda: Die Wurzeln Brasiliens. es 1942
Holbein: Der belauschte Lärm. es 1643
– Ozeanische Sekunde. es 1771
Hrabal: Die Bafler. es 180
Huchel: Gedichte. es 1828
Im Schatten des Siegers: Japan. es 1495-1498
Irigaray: Ethik der sexuellen Differenz. es 1362
– Speculum. es 946
Jaeger: Geschichte der Wirtschaftsordnung in Deutschland. es 1529
Jansen: Heimat. Abgang. Mehr geht nicht. es 1932
– Reisswolf. es 1693
– Splittergraben. es 1873
Jarausch: Dieunverhoffte Einheit. es 1877
Jasper: Die gescheiterte Zähmung. es 1270
Jauß: Literaturgeschichte als Provokation. es 418
Jenseits der Utopie – Theoriekritik der Gegenwart. es 1662
Johansson: Ich habe Shelley geliebt. es 1585
Johnson: Begleitumstände. es 1820 und es 3322
– Das dritte Buch über Achim. es 1819
– Der 5. Kanal. es 1336
– Ingrid Babendererde. es 1817
– Jahrestage 1. es 1822
– Jahrestage 2. es 1823
– Jahrestage 3. es 1824
– Jahrestage 4. es 1825
– Mutmassungen über Jakob. es 1818
– Porträts und Erinnerungen. es 1499
– Versuch, einen Vater zu finden. Marthas Ferien. es 1416
Über Uwe Johnson. es 1821
Joyce: Finnegans Wake. es 1524
– Penelope. es 1106
Judentum im deutschen Sprachraum. es 1613
Kellendonk: Geist und Buchstabe. es 1910
Kenner: Ulysses. es 1104
Ketzer, Zauberer, Hexen. es 1577
Kiesewetter: Industrielle Revolution in Deutschland 1815-1914. es 1539
Kipphardt: In der Sache J. Robert Oppenheimer. es 64
Kirchhoff: Body-Building. es 1005
– Legenden um den eigenen Körper. es 1944
Kleinspehn: Warum sind wir so unersättlich? es 1410
Kling: geschmacksverstärker. es 1523
– Itinerar. es 2006
Klix: Sehen Sprechen Gehen. es 1566
Kluge, Alexander: Gelegenheitsarbeit einer Sklavin. es 733
– Schlachtbeschreibung. es 1193
Koeppen: Morgenrot. es 1454
Kößler/Melber: Chancen internationaler Zivilgesellschaft. es 1797
Kolbe: Abschiede. es 1178
– Bornholm II. es 1402
– Hineingeboren. es 1110

316/7/4.97

edition suhrkamp
Eine Auswahl

Konrád: Antipolitik. es 1293
– Identität und Hysterie. es 1921
– Die Melancholie der Wiedergeburt. es 1720
– Stimmungsbericht. es 1394
– Vor den Toren des Reiches. es 2015
Krechel: Mit dem Körper des Vaters spielen. es 1716
Krippendorff: Militärkritik. es 1804
– Politische Interpretationen. es 1576
– Staat und Krieg. es 1305
– »Wie die Großen mit den Menschen spielen.« es 1486
Kristeva: Fremde sind wir uns selbst. es 1604
– Geschichten von der Liebe. es 1482
– Mächte des Grauens. es 1684
– Die Revolution der poetischen Sprache. es 949
– Schwarze Sonne - Depression und Melancholie. es 1594
Leggewie: Kultur im Konflikt. es 1960
Lejeune: Der autobiographische Pakt. es 1896
Lem: Dialoge. es 1013
Lenz, Hermann: Leben und Schreiben. es 1425
Lepenies: Benimm und Erkenntnis. es 2018
Leroi-Gourhan: Die Religionen der Vorgeschichte. es 1073
Lesen im Buch der edition suhrkamp. es 1947
Leutenegger: Lebewohl, Gute Reise. es 1001
– Das verlorene Monument. es 1315
Lévi-Strauss: Das Ende des Totemismus. es 128
– Mythos und Bedeutung. es 3323
Lezama Lima: Die amerikanische Ausdruckswelt. es 1457
»Literaturentwicklungsprozesse«. es 1782
Löwenthal: Mitmachen wollte ich nie. es 1014
Lüderssen: Abschaffen des Strafens? es 1914
– Genesis und Geltung. es 1962
– Der Staat geht unter – das Unrecht bleibt? es 1810
Lukács: Gelebtes Denken. es 1088
Maeffert Bruchstellen. es 1387
Mahony: Der Schriftsteller Sigmund Freud. es 1484
de Man: Allegorien des Lesens. es 1357
– Die Ideologie des Ästhetischen. es 1682
Marcus: Umkehrung der Moral. es 903
Marcuse: Ideen zu einer kritischen Theorie der Gesellschaft. es 300
– Konterrevolution und Revolte. es 591
– Kultur und Gesellschaft 1. es 101
Mattenklott: Blindgänger. es 1343
Mattenklott: Umschreibungen. es 1887
Mayer: Gelebte Literatur. es 1427
– Das Geschehen und das Schweigen. es 342
– Versuche über die Oper. es 1050

316/8/4.97

edition suhrkamp
Eine Auswahl

316/9/4.97